SEM CATRACA

DA UTOPIA À REALIDADE DA TARIFA ZERO

Daniel Santini

1ª edição

AUTONOMIA LITERÁRIA

FUNDAÇÃO ROSA LUXEMBURGO

UTO

PIA

Substantivo feminino.
Lugar ou estado ideal, de completa felicidade e harmonia entre os indivíduos.
Qualquer descrição imaginativa de uma sociedade ideal, fundamentada em leis justas e em instituições político-econômicas verdadeiramente comprometidas com o bem-estar da coletividade.

Projeto de natureza irrealizável;
ideia generosa, porém impraticável; quimera, fantasia.
No marxismo, modelo abstrato e imaginário de sociedade ideal, concebido como crítica à organização social existente, porém inexequível por não estar vinculado às condições políticas e econômicas da realidade concreta.

Em sociólogos como Karl Mannheim (1893-1947) ou filósofos como Ernst Bloch (1885-1977), projeto alternativo de organização social capaz de indicar potencialidades realizáveis e concretas em uma determinada ordem política constituída, contribuindo desta maneira para sua transformação.

Dicionário Houaiss

Coordenação editorial:
Daniel Santini e Cauê Seignemartin Ameni
Preparação e revisão: Hugo Maciel de Carvalho
Projeto gráfico, capa, ilustrações, artes: Rodrigo Corrêa
Diagramação: Biana Fernandes

Dados Internacionais de Catalogação na Publicação (CIP)
(eDOC BRASIL, Belo Horizonte/MG)

Santini, Daniel.
S235s Sem Catraca: da utopia à realidade da tarifa zero / Daniel Santini – São Paulo: Autonomia Literária; Fundação Rosa Luxemburgo, 2024.
200 p. : 14 x 21 cm

ISBN 978-65-5497-034-1 (Editora Autonomia Literária)
ISBN 978-65-8983-410-6 (Fundação Rosa Luxemburgo)

1. Transporte público coletivo – Brasil. 2. Mobilidade urbana. 3. Transportes – Políticas públicas. I. Título

CDD 388.413

Elaborado por Maurício Amormino Júnior – CRB6/2422

1ª edição: setembro de 2024

Editora Autonomia Literária
Conselho editorial:
Cauê Seignemartin Ameni, Hugo Albuquerque e Manuela Beloni

Fundação Rosa Luxemburgo
Escritório Regional de São Paulo - Brasil e Paraguai
Diretor: Andreas Behn

Esta publicação foi realizada com o apoio da Fundação Rosa Luxemburgo e fundos do Ministério Federal para a Cooperação Econômica e de Desenvolvimento da Alemanha (BMZ).

O conteúdo da publicação é responsabilidade exclusiva de Daniel Santini e não representa necessariamente a posição da FRL.

SUMÁRIO

APRESENTAÇÃO

APRESENTAÇÃO

O livro que você tem em mãos está baseado na ideia de que a mobilidade é um direito humano inalienável. Garantir que todos e todas possam se locomover com liberdade deveria ser uma prioridade não só do poder público, mas de toda a sociedade. Para isso, não basta prever a livre circulação em leis e regras, é preciso garantir condições para que as pessoas possam se deslocar de maneira adequada, com segurança e tranquilidade. Hoje, parte da população simplesmente não consegue se mover, e isso é grave.

É um livro sobre políticas públicas de mobilidade, mas é também um livro sobre política, urbanismo e transporte. Os temas são indissociáveis e é preciso considerar diferentes áreas do conhecimento para pensar em como as cidades estão organizadas. Ampliar o acesso ao transporte público coletivo é o melhor caminho contra a paralisia que marca os centros urbanos atuais. E a Tarifa Zero é a melhor escolha para reverter a tendência de queda do número de passageiros nos diferentes sistemas que compõem as redes das cidades do país.

Em seu livro *Não verás país nenhum* (1981), Ignácio de Loyola Brandão passeia em uma ideia de distopia, dentro da qual os carros, presos eternamente por um grande congestionamento, simplesmente pararam de circular. As pessoas foram forçadas a abandonar os veículos e as autopistas que rasgam o tecido urbano tornaram-se desertos de metal enferrujado. O livro é perturbadoramente atual em muitos sentidos, incluindo a crítica ácida ao rodoviarismo.

Brincar com projeções e escrever sobre distopias pode ser um bom exercício para chamar a atenção para absurdos que, muitas vezes, de tão naturalizados, passam despercebidos. A gente deixa de enxergar violências cotidianas e passa a considerar normal ver familiares e amigos sofrendo por não conseguirem respirar o ar cada vez mais sujo ou saber de tanta gente morrendo em um ritmo industrial no trânsito. Deixa de ver o quão insólito é ter receio de realizar atividades tão banais quanto atravessar a rua.

Este livro apresenta algumas distopias concretas, que se intensificaram nos últimos anos. Trata, porém, também de utopias. Sonhar, imaginar, projetar outras realidades é o primeiro passo para começar a agir e transformar a realidade. Tentar cultivar esperança, mesmo quando tudo está desmoronando ao redor, é também um dever ético. Porque desistir e se conformar só alimenta a continuidade de realidades insustentáveis.

Mas não uma esperança oca, desconectada da realidade. É preciso identificar e achar pistas para sair do labirinto congestionado em que se transformaram as ruas e avenidas das nossas cidades. O livro pretende contribuir justamente com essa busca de subsídios e referências que possam ajudar a repensar o trânsito e, por que não, o próprio formato do espaço urbano e a organização da sociedade. O livro trata de política tarifária, mas também aborda, como não poderia deixar de ser, mobilidade ativa, rodoviarismo, entregas e transporte por aplicativos, carros e semáforos "inteligentes", além de outras questões diretamente relacionadas à organização do trânsito.

Nas próximas páginas, apresento um retrato do cenário de expansão das políticas de Tarifa Zero no Brasil. As informações foram atualizadas até o fim do primeiro semestre de 2024 e são resultado de um levantamento cuidadoso e aprofundado sobre as mudanças que aconteceram na última década, com informações detalhadas que podem servir para a elaboração de políticas públicas e questionamentos nos próximos anos.

São duas partes, uma centrada no transporte público coletivo, incluindo a crise conjuntural e as possibilidades que se desenham, outra com ensaios críticos sobre algumas das tendências atuais, úteis para projeções sobre o que vem pela frente.

A obra é uma continuação do livro *Passe Livre: as possibilidades da Tarifa Zero contra a distopia da uberização*, que saiu em setembro de 2019. Na época, apenas 14 cidades com políticas de passe livre universal haviam sido identificadas no Brasil e a proposta de suspender as cobranças diretas ainda era tida, por muitos, como um devaneio. Hoje, o país conta com 116 experiências mapeadas, a Tarifa Zero beneficia mais de cinco milhões e seiscentas mil pessoas, e mesmo as capitais passaram a estudar como abolir de vez a cobrança de tarifas no transporte público coletivo.

O Passe Livre, outra maneira de nomear a Tarifa Zero, é realidade. Assim como agora, a publicação também falava da distopia da uberização. A escolha da palavra "distopia" foi uma sugestão de Cauê Ameni, da Autonomia Literária, e logo na abertura, em destaque, vinha a definição do Dicionário Houaiss: "Lugar ou estado imaginário em que se vive em condições de extrema opressão, desespero ou privação; antiutopia. Qualquer representação ou descrição de uma organização social futura caracterizada por condições de vida insuportáveis, com o objetivo de criticar tendências da sociedade atual, ou parodiar utopias, alertando para os seus perigos".

Poucos meses depois do lançamento, chegaram as primeiras notícias sobre a infecção respiratória aguda que ficou conhecida como Covid-19. A ideia de distopia como um lugar insuportável materializou-se no mesmo ritmo que o coronavírus SARS-CoV-2 espalhou-se pelo mundo. A Covid-19 e seus impactos também acentuaram o declínio das redes de transporte público no país. A proporção de carros e motos nas ruas cresceu de maneira exponencial, as plataformas ganharam mercado e o transporte em ônibus, trens, metrôs e barcas encolheu em uma espiral insustentável de aumento de tarifas e redução de atendimento, seguida por novas quedas de passageiros. O modelo de financiamento do transporte público coletivo baseado na receita das catracas quebrou.

Desde a publicação do livro anterior, a rede nacional de organizações, pesquisadores e pesquisadoras, e representantes do poder público envolvidos na construção de políticas públicas de Tarifa Zero cresceu, se articulou e ganhou força. O lançamento do livro aconteceu em setembro de 2019 no primeiro encontro *Transporte como Direito e Caminhos para a Tarifa Zero*, realizado na Universidade Federal Fluminense, em Niterói (RJ), com uma visita de campo em Maricá (RJ).

De lá para cá, já aconteceram mais duas edições, uma em 2022, com lançamento na Universidade Federal de Minas Gerais, em Belo Horizonte (MG), com uma visita a Caeté (MG), e outra em 2023, na Universidade de Brasília, com uma visita a Formosa (GO). Todas as edições contaram com apoio da Fundação Rosa Luxemburgo, que também viabilizou a publicação de uma série de livros relacionados, os quais contribuíram para o amadurecimento do debate sobre mobilidade como um direito. O apoio de Andreas Behn, diretor do escritório de São Paulo da organização, que assina o prefácio da presente edição e é um entusiasta da medida, foi decisivo no processo.

O Congresso Nacional instalou a Frente Parlamentar em Defesa da Tarifa Zero e passou a discutir a implementação de um Sistema Único de Mobilidade, desenhado na Proposta de Emenda Constitucional n. 25/2023 (Brasil, 2023b), tal qual o Sistema Único de Saúde, com acesso universal e gratuito. Câmaras de Vereadores de todo o país realizaram audiências públicas e estudos; políticos das mais diversas tendências começaram a defender a abolição das catracas. O cenário mudou de maneira significativa e segue mudando.

O primeiro livro surgiu da ideia e compromisso de compartilhar aprendizados de uma conferência internacional em Talim, na Estônia (Tallinn, 2018), encontro no qual foram apresentadas experiências de diferentes países. Este segundo é fruto de um aprofundamento, com entrevistas a gestores e parlamentares, além de diálogos e debates com ativistas e com quem usa os sistemas sem cobrança diariamente. É resultado de visitas técnicas e estudos específicos sobre os sistemas de Tarifa Zero de Caeté (MG), Caucaia (CE), Formosa (GO), Palmas (TO), Maricá (RJ), São Caetano do Sul (SC) e Vargem Grande Paulista (SP), um conjunto de experiências variadas de diferentes regiões e realidades que permite uma visão detalhada e mais complexa sobre possibilidades e desafios.

A participação a convite em audiências públicas sobre o tema nas Câmaras de Vereadores de São Paulo (SP), Campo Grande (MS), Garopaba (SC) e na Assembleia Distrital do Distrito Federal (DF) também foi importante para melhor compreender a viabilidade e os entraves da aplicação prática do fim de cobranças diretas em diferentes meios de transporte.

O diálogo constante com pesquisadores e pesquisadoras resultou em um mapeamento de caráter colaborativo que serve como base para a análise do cenário atual. O livro é, em certa medida, resultado de uma produção coletiva alimentada por debates, encontros e muito entusiasmo. A responsabilidade sobre equívocos ou imprecisões é do autor, mas o mérito de hoje termos um quadro completo e bastante atual é compartilhado. O nome de pessoas que foram decisivas para essa construção está nos agradecimentos, ao final. A relação completa de cidades com Tarifa Zero no Brasil encontra-se no anexo, também nas últimas páginas. O levantamento fez parte de um mestrado na Faculdade de Arquitetura e Urbanismo (FAU) da Universidade de São Paulo (USP), concluído em novembro de 2023 (Santini, 2023c), e de um doutorado em curso na mesma universidade, ambos sob orientação da urbanista e ex-relatora especial da Organização das Nações Unidas (ONU) para o Direito à Moradia Adequada, Raquel Rolnik.

O entendimento comum de que, mais do que mercadorias, transporte e moradia são direitos é uma das bases deste trabalho e tal perspectiva encontra ampla guarida na FAU e em outras faculdades que compõem a USP. A principal universidade do país permite que estudantes cursem disciplinas em outras áreas, e também foram importantes para a pesquisa apresentada neste livro ensinamentos da Ciência Política, da Geografia e da Engenharia de Transportes da Escola Politécnica da USP.

A primeira edição do *Passe Livre: as possibilidades da Tarifa Zero contra a distopia da uberização* está quase esgotada e o interesse sobre o tema segue em alta. Em vez de imprimir mais exemplares de um livro hoje desatualizado em relação a mais possibilidades que surgiram — e também em relação a novas distopias —, a opção foi apresentar uma segunda publicação em uma nova parceria da Fundação Rosa Luxemburgo com a Autonomia Literária.

Assim como no primeiro livro, a ideia é de um texto fluído, sem notas de rodapé e com capítulos curtos. Desta vez, porém, para facilitar o aprofundamento sobre temas específicos, as referências aparecem entre parênteses e estão listadas na bibliografia. Todas as estatísticas de população mencionadas estão baseadas no Censo 2022, divulgado em 2023, mais completo e preciso levantamento disponível (IBGE, 2023).

O livro está todo licenciado com base em uma licença aberta, que permite a livre reprodução, exigindo apenas citação da autoria e compartilhamento de materiais derivados com a mesma licença, indicando eventuais modificações, tudo baseado em princípios de cultura livre (Foletto, 2021). A licença de uso livre está indicada na última página.

PREFÁCIO

SOBRE ABSURDOS NORMALIZADOS E SAÍDAS INVISIBILIZADAS

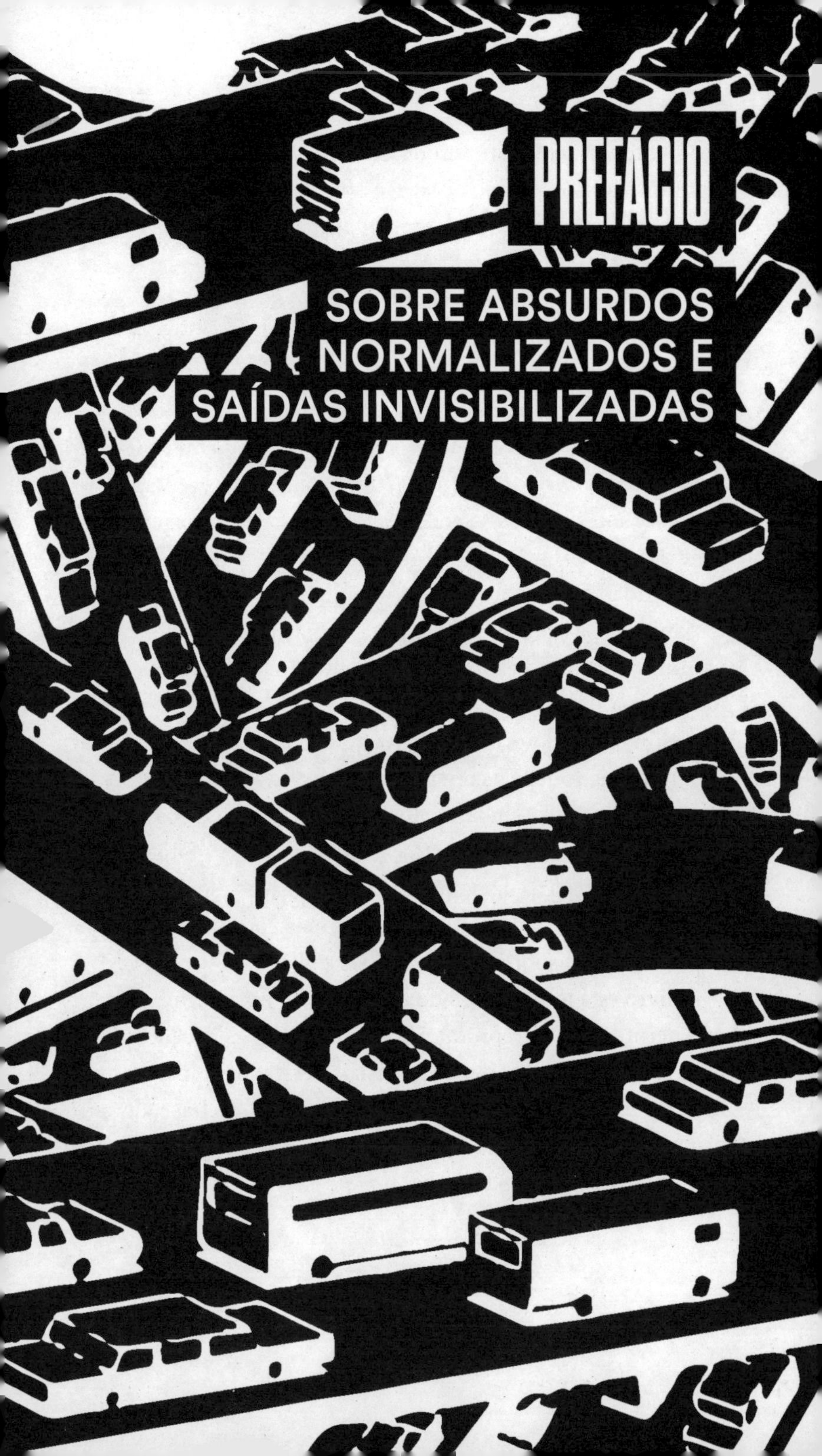

PREFÁCIO
Sobre absurdos normalizados e saídas invisibilizadas

Por Andreas Behn, diretor do escritório da Fundação Rosa Luxemburgo em São Paulo

Às vezes, uma situação absurda passa a ser vista como normal. A realidade desagradável, que não atende aos quereres e às necessidades das pessoas envolvidas, quando naturalizada, faz com que caminhos para mudanças apareçam como inviáveis, uma ilusão. É o caso da mobilidade urbana. As cidades encontram-se dominadas por vias asfaltadas, reservadas para o uso praticamente exclusivo de automóveis. Tais estruturas servem a uma minoria, enquanto pedestres, usuários de transporte público e ciclistas circulam à margem, mesmo sendo maioria. Os donos da mobilidade poluem constantemente, provocam ocorrências de trânsito e agravam a emergência climática. Valem-se de um modelo que falha e não serve nem a eles mesmos, em uma frustração materializada em filas quilométricas de engarrafamentos. Toda a mobilidade fica parada, presa no trânsito. Naturalizado, o absurdo se consolida quando as soluções pensadas para aliviar os impasses só pioram a questão: avenidas mais amplas, carros maiores e agora até chamados de "inteligentes", mais dinheiro público para celebrar os congestionamentos urbanos.

Faz parte da normalização do absurdo deixar de perceber saídas. A busca por soluções e alternativas passa a ser considerada um desafio gigante, comparável ao tamanho do problema. O que não é correto. Os caminhos para uma mobilidade mais humana e mais saudável já existem, foram pensados e experimentados. Não é necessário criar novas teorias ou novos conceitos — basta implementar e aperfeiçoar as possibilidades existentes, superando o modelo de mobilidade baseado no automóvel individual, implementado e normalizado por interesses econômicos e políticos.

Este livro de Daniel Santini trata dessas alternativas. Lendo, dá para sentir o absurdo vivido hoje nas cidades, entender que a mobilidade é um direito humano e ver que as soluções são bem mais reais do que utópicas. No centro das mudanças urgentes para salvar a mobilidade urbana, o autor coloca a implementação da Tarifa Zero. O transporte público é o único modo capaz de desengarrafar os impasses automobilísticos e democratizar os deslocamentos. Deve ser gratuito e acessível para toda a população, não apenas por se tratar de um direito, mas também porque garantir a mobilidade sempre foi parte das políticas públicas. É dinheiro público que financia as ruas e estradas, o Estado fornece todo o espaço usado pelos carros, o sistema público de saúde assume os custos do tratamento das vítimas dos acidentes e nós todes aceitamos lidar com as consequências da poluição constante. Comparado com o custo do transporte individual para a sociedade, a Tarifa Zero no transporte público é fácil de financiar.

Enquanto seguimos achando que a Tarifa Zero é uma utopia, o pesquisador mostra que ela já virou realidade em muitas cidades. Será que o absurdo alcançou seus limites? Santini vê o Brasil num papel de protagonista e completa esta nova realidade com experiências e logros em outros países. Sem dúvida, o caminho não será fácil. É só pensar nos investimentos imensos necessários para viabilizar um transporte público de qualidade e acessível para todes. O livro mostra que vale a pena, não só pensando em mobilidade, mas também considerando benefícios sociais e econômicos, algo especialmente importante em um país marcado por desigualdades profundas. As experiências de Tarifa Zero que o autor descreve mostram que esse caminho, afinal, não traz novos custos, mas sim ganhos muito reais e precisos para toda a sociedade.

Daniel Santini é um profundo conhecedor do tema e junta nesta publicação inúmeras experiências, conversas e ideias. Elas constroem conceitos de mobilidade que fundem utopias e realidades, convidando a refletir e seguir construindo junto. Não é o Daniel quem fala aqui. É o conjunto de saberes que surgiram de mobilizações, articulações e debates entre muitos que simplesmente questionam o absurdo. Muitas dessas articulações e parcerias ele construiu no âmbito da Fundação Rosa Luxemburgo. E acabou influenciando os nossos debates sobre essa temática, não só no escritório em São Paulo. Temos muitas reflexões pela frente, e este livro é um passo valioso para entendermos a urgência de uma outra mobilidade.

PARTE I

UTOPIAS, POSSIBILIDADES E REALIDADES

BREVE INTRODUÇÃO AO CONCEITO DE TARIFA ZERO

> A ideia da tarifa zero é uma derivação da proposta de renda básica garantida, cuja justificativa é a ideia de que a satisfação de necessidades essenciais deva ser garantida a todos pela coletividade, por duas ordens de motivos: primeiro por solidariedade: se parte da coletividade dispõe de meios muito mais abundantes do que precisa para satisfazer suas necessidades, parte deles deve ser destinada obrigatoriamente a evitar que outros sofram por não poder satisfazer suas necessidades básicas; e segundo por interesse coletivo pois, se os pobres não conseguem sequer levar uma vida minimamente normal, é provável que se tornem menos produtivos e no limite a tensão crescente coloque em risco o convívio social.
>
> *Paul Singer, 1996*

Políticas de Tarifa Zero são aquelas que se baseiam no uso livre do transporte público coletivo, ou seja, quando não há cobrança direta, restrições nem catracas. O termo foi cunhado por Lucio Gregori, ex-secretário municipal de Transportes de São Paulo, durante coletiva de imprensa realizada em 28 de setembro de 1990. A data é a mesma da apresentação do Projeto de Lei n. 342/1990 (São Paulo, 1990), que propunha a criação do Fundo Municipal de Transportes e mencionava pela primeira vez a isenção nas cobranças. Ao defender publicamente a proposta de zerar a tarifa nos ônibus da cidade, o engenheiro escolheu as palavras para apresentar o conceito sem desvalorizá-lo. Evitou falar em transporte gratuito, desviando da ideia rasa repetida até hoje de que as pessoas não dão valor ao que é de graça.

A iniciativa ousada de Gregori foi apoiada pela prefeita Luiza Erundina (1989-1992), mas sofreu resistência até mesmo dentro do Partido dos Trabalhadores, seu partido na época, e não avançou na Câmara Municipal. Mesmo sem se concretizar, a proposta tornou-se referência e tanto Gregori quanto Erundina viraram figuras fundamentais na defesa da mobilidade como direito. A história da tentativa está registrada de maneira detalhada no livro que o ex-secretário escreveu com José Jairo Varoli e Mauro Zilbovicius, integrantes de sua equipe na época, o então vereador Chico Whitaker (PT), e sua filha Márcia Sandoval Gregori, também pesquisadora com relevantes contribuições sobre o tema, intitulado *Tarifa Zero: a cidade sem catracas* (Gregori *et al.*, 2020).

As políticas de Tarifa Zero também são conhecidas como políticas de Passe Livre, termo que tem sido empregado comumente para designar também políticas parciais, as que atendem a grupos específicos ou funcionam apenas em certos dias e horários, ou ainda em apenas parte da rede. Há atualmente no Brasil políticas parciais que atendem a categorias profissionais como carteiros, policiais ou profissionais da saúde; que se baseiam em condições especiais, tais como as que atendem deficientes físicos, autistas, gestantes; e que beneficiam grupos específicos, como estudantes, desempregados e vítimas de violência.

Há políticas parciais que resultaram em linhas livres como a de Itaboraí (RJ), cidade de 224 mil habitantes que conseguiu instituir a política em julho de 2024, após disputa na Justiça com as empresas, inconformadas com a concorrência dos ônibus laranjas gratuitos, apelidados de Laranjinhas. A cidade pretende avançar com a universalização e pode tornar-se importante referência nos próximos anos. Em Volta Redonda (RJ), existe a Tarifa Comercial Zero, com ônibus elétricos que conectam os principais centros comerciais do município.

Há também políticas com recorte social, voltadas para trabalhadores, como o Passe Livre do Trabalhador de Goiás, ou para pessoas em situação de vulnerabilidade, como o VaiVem intermunicipal do Ceará. E há casos bastante específicos, como o Passe Livre instituído no Pará para vítimas de escalpelamentos, que dependem de deslocamentos constantes para o tratamento.

O acidente é frequente em barcos com motor exposto, que puxam e arrancam o couro cabeludo, com alta incidência na Ilha de Marajó (PA).

São consideradas universais as que contemplam todas as pessoas sem distinções, funcionam em todo o período de operação e em todo o sistema em questão, seja ele transporte rodoviário, sobre trilhos ou fluvial. Hoje, existem até mesmo redes de bicicletas com Tarifa Zero, tal como a instituída em Maricá (RJ) em 2021 e a em Niterói (RJ) em 4 de julho de 2024. O NitBike, criado para "fomentar o uso de bicicletas como meio de transporte, promovendo a saúde e reduzindo o impacto ambiental no município, além de oferecer à população uma opção para deslocamentos rápidos e eficientes", registrou seis mil cadastros no primeiro dia de funcionamento (Niterói, 2024).

Quando não há cobranças ou restrições de nenhum tipo em uma rede de transporte, é possível falar em Tarifa Zero universal em uma cidade, mesmo que haja cobranças em outras redes. Na lista de cidades apresentada no anexo deste livro consideram-se apenas as redes universais de ônibus. O mapeamento das demais experiências, como a de bicicletas livres, está só começando no Brasil. Há políticas parciais em barcas, trens e metrôs, mas nenhuma universal identificada nestes meios até o primeiro semestre de 2024, com exceção da adotada no Rio Grande do Sul por um breve período em 2024 — de 30 de maio a 13 de julho, as cobranças foram suspensas pela Empresa de Trens Urbanos de Porto Alegre (Trensurb), de maneira emergencial, como parte das medidas adotadas após as chuvas que devastaram o Sul do país.

A proposta de se conceitualizar a Tarifa Zero universal a partir de tais premissas foi apresentada em artigo escrito pelo pesquisador polonês Wojciech Kębłowski (2018), que faz um mapeamento internacional sobre as experiências em curso em todo o planeta.

As justificativas para se zerar a tarifa são as mais variadas possíveis. Como bem aponta o pesquisador baiano Daniel Caribé, que se debruçou sobre as experiências francesas em sua tese de doutorado *Tarifa Zero: mobilidade urbana, produção do espaço e Direito à Cidade* (Caribé, 2021), a proposta pode ser defendida a partir de uma perspectiva social fundamentada na necessidade de reduzir desigualdades e minar a segregação espacial. Pode, também, ser apresentada como uma forma de dinamizar a economia, fortalecendo e melhorando a circulação nas cidades e fomentando o consumo. Ou ainda, ser baseada em princípios ambientais, a partir da preocupação de frear ou mesmo reduzir a proporção crescente de pessoas utilizando transporte motorizado individual em deslocamentos diários. Aqui, não custa lembrar que deslocamento de massa em transporte coletivo, especialmente nos sistemas sobre trilhos, é uma maneira muito mais racional e inteligente de usar energia, seja a fonte combustíveis fósseis, eletricidade, etanol ou hidrogênio.

Ou seja, trata-se de uma política de incentivo ao uso do transporte público coletivo, com potencial de alterar e melhorar a mobilidade das cidades. Algo que interessa (ou deveria interessar) até mesmo a quem, por opção ou por falta de, dirige todos os dias. Inverter a tendência de motorização crescente é a melhor forma de melhorar a fluidez das cidades. A médio e longo prazo, reduzir ou zerar as tarifas pode ser o melhor caminho para combater os congestionamentos, reduzir a poluição e diminuir as estatísticas indecentes de mortos e feridos nas ruas. Tão corriqueiras e banais, as ocorrências, previsíveis e evitáveis, são tratadas como "acidentes de trânsito", expressão que naturaliza a rotina violenta de tragédias e evoca uma fortuidade totalmente desconectada da realidade.

A Tarifa Zero universal é viável, possível e necessária. O Brasil tornou-se em 2023 o país com mais experiências identificadas no mundo. No ano, o país passou a marca de mais de 100 casos identificados, com aumento contínuo e progressivo. Se antes a política era restrita a municípios pequenos, com menos de 60 mil habitantes, hoje já está presente e consolidada em um número crescente de cidades médias com população entre 100 mil e 500 mil, e vem sendo estudada seriamente como uma alternativa possível em metrópoles e capitais.

Faz sentido pensar em financiar coletivamente a mobilidade urbana, suspendendo as cobranças diretas, em função dos benefícios coletivos provocados pelo uso do transporte público coletivo. Ao contrário de quem se desloca em carros ou motos, as pessoas que optam por trens ou ônibus geram externalidades positivas. Em termos relativos, emitem menos poluentes e consomem menos energia por pessoa, provocam menos ocorrências de trânsito, impactando menos o sistema de saúde e fortalecendo o tecido social no espaço público.

Há efeitos indiretos em áreas nem sempre consideradas, como segurança pública, atividade física e saúde coletiva. Sobre segurança, não custa lembrar do clássico *Cidade de muros: crime, segregação e cidadania em São Paulo* (Caldeira, 2016), melhor referência para pensar nos efeitos de ter áreas despovoadas divididas por avenidas e barreiras físicas. Quer melhor cenário para um assalto do que uma rua deserta onde só passam carros em alta velocidade? Quer uma condição mais vulnerável do que ficar preso no trânsito, sem possibilidade de sair do lugar em uma situação de risco?

Sobre saúde, apostar na diversidade no trânsito, enfrentando o monopólio dos carros, é abrir espaço para a mobilidade ativa e a intermodalidade. Mais pedestres, bicicletas e crianças brincando nas ruas. Gente jovem interagindo, não apenas assistindo passivamente à vida passar em telas por meio de redes sociais que geram ansiedade e depressão. Há questões urgentes a serem enfrentadas em um cenário distópico em que mais e mais as pessoas passam o tempo com a cara colada em celulares, tablets e TVs, e não se movem. Tal qual na animação distópica *WALL-E* (de 2008), há cada vez mais gente sedentária insensível ao mundo ao redor. Ou será que é preciso se conformar com a morte do espaço público e com o colapso ambiental, e passar a apostar na colonização de outros planetas, seguindo o horizonte lunático que Elons Musks e outros "visionários" defendem?

É possível e necessário pensar em alternativas. Mas como viabilizar o que, até ontem, era tido como uma utopia distante?

NÃO EXISTE ALMOÇO GRÁTIS

Pulando catraca sem parar
No metrô linha azul cê sabe
Tô sem grana pra pagar

Oi percebeu furou
Quando olhei pode pá não resisti
Era tudo tão discreto e a catraca bem ali
Não vou pagar 4,40
Eu vou comprar um salgadinho amor
(Um salgadinho amor)

E eu ficando bolado com tudo
De tudo que eu não teria que fazer
Se a cada metrô que eu pegasse
Eu não deixasse meu rango do mês

Yago OProprio, Linha Azul, 2024

O financiamento talvez seja o principal desafio para o debate da Tarifa Zero. Se faz sentido suspender as cobranças, como custear redes de transporte coletivo livres? Afinal, não existe almoço grátis, chavão invariavelmente repetido pelos críticos da medida. É óbvio que existe um custo a ser considerado. Essa é uma questão estratégica e as experiências concretas vigentes no país permitem avaliar possibilidades reais de avançar sem comprometer recursos de outras áreas como saúde e educação.

Um olhar sobre a maneira como as 116 cidades identificadas até 31 de julho de 2024 adotaram e mantêm políticas de Tarifa Zero universal possibilita aprofundar o debate sobre como custear a operação sem cobrar passagens. Até agora, foram identificadas diferentes estratégias implementadas pelos municípios ou propostas em projetos de lei específicos, apresentadas abaixo na ordem em que aparecem **em destaque** no texto a seguir:

- revisão da fórmula de remuneração;
- revisão da duração e do alcance das concessões e permissões;
- fontes extratarifárias;
- taxa mensal a ser cobrada das empresas;
- venda de créditos de carbono;
- recursos obtidos com multas e cobranças pelo estacionamento nas vias públicas;
- taxar motoristas;
- Imposto sobre a Propriedade Predial e Territorial Urbana (IPTU) progressivo;
- emendas individuais de parlamentares;
- repasses e divisão de custos nos sistemas metropolitanos;
- criação do Sistema Único de Mobilidade (SUM).

Algumas das ideias listadas são realidade, outras têm enfrentado questionamentos na Justiça ou ainda estão em fase de discussão, mas o fato é que, com diferentes abordagens, mais de cem municípios conseguiram não só estruturar e manter a operação, mas também reverter uma tendência de abandono e decadência das redes. Porque não basta, claro, liberar a catraca, é preciso garantir transporte público coletivo de qualidade, com atendimento confiável, seguro e adequado. As experiências concretas indicam que, a partir de medidas efetivas, é possível mudar a lógica da mobilidade nas cidades.

O debate sobre a Tarifa Zero abre espaço para a revisão de políticas baseadas no automóvel, que custam caro e beneficiam uma minoria. Quem anda de carro se vale da infraestrutura construída e mantida com recursos públicos, materializada em uma sequência inóspita de avenidas, viadutos, túneis e pontes, em um modelo de alto impacto urbano e ambiental. O lucro é individual, mas o prejuízo é coletivo, questão que permeia todo o livro, mas está mais bem detalhada e aprofundada na segunda parte.

Subsidiar, garantir e encontrar mais recursos para o transporte público coletivo tem que ser prioridade. A suspensão das cobranças é parte de um caminho para reverter o sucateamento da operação e abrir espaço para melhorias e readequações. É um percurso longo, que inclui expansão das redes sobre trilhos e instalação de novas estruturas que podem demorar, mas a jornada já começou. São muitas possibilidades abertas e o primeiro e mais importante passo para qualquer gestor ou gestora interessado em avançar concretamente é a **revisão da fórmula de remuneração** do transporte público coletivo vigente. No Brasil, com raras exceções, a remuneração do sistema é calculada com base na quantidade de passageiros transportados (demanda) e não na quantidade de viagens ofertadas (oferta). Assim, o cálculo do custo é baseado no número de pessoas transportadas, e não no custo real das viagens.

Em outras palavras, em vez de pagar pela circulação de um ônibus, considerando os salários dos profissionais envolvidos, os horários de disponibilização do veículo, a quilometragem rodada, o combustível consumido e o desgaste de materiais, as prefeituras têm pago pelo número de pessoas transportadas, uma fantasia que gera distorções graves. A variação de custo da operação de um ônibus básico é mínima, não importando se ele transporta 40 pessoas sentadas ou 90 apertadas umas contra as outras, superando os limites indicados pela norma técnica ABNT NBR 15570/2021. O documento prevê um limite de até 70 passageiros em ônibus básicos, 80 passageiros em ônibus *padron*, 100 passageiros em ônibus articulados e 160 passageiros em ônibus biarticulados (ABNT, 2021).

É claro que, ao calcular custos, é preciso ter em conta fatores como tempo adicional de parada para embarque e desembarque, que afetam e influenciam no tempo de viagem, e o desgaste de materiais internos pelo fluxo de pessoas, mas, na prática, não há justificativa para basear a remuneração na quantidade de vezes que alguém entra no coletivo.

O pagamento por passageiros, e não pela operação, pode gerar margens de lucro consideráveis para as empresas do setor, mas também um risco alto. Quando a demanda despenca, como aconteceu durante a crise provocada pela Covid-19, ou mesmo em ciclos de encolhimento regular e constante, como o atual, a diferença entre o valor de remuneração e o custo real aparece e a conta não fecha mais. Muitas empresas quebraram na pandemia por isso.

Mesmo que seja para baratear, e não para zerar de vez a tarifa, alterar a fórmula de remuneração, seja com aditamentos de contrato ou revisão dos termos estabelecidos, é o primeiro passo para tentar reequilibrar as receitas e promover melhor aproveitamento de recursos públicos. Simples assim. Foi o que fizeram Caucaia (CE), cidade com 355,6 mil habitantes, a mais populosa do Brasil com Tarifa Zero, e São Caetano do Sul (SP), com 165,6 mil habitantes, a mais populosa no estado de São Paulo com a política, só para citar dois exemplos recentes. Em ambos os casos, termos aditivos foram incorporados ao contrato, alterando o cálculo da remuneração, deixando de incluir o volume de passageiros transportados (demanda) como parte da fórmula para determinar o custo da operação.

Na primeira, a mudança aconteceu em 21 de setembro de 2021, quando a empresa responsável pela operação, a Viação Vitória, avisou que não conseguiria seguir sem subsídios em meio à diminuição de passageiros decorrente da pandemia. Em vez de simplesmente repassar recursos públicos para cobrir o rombo, como outras prefeituras fizeram, a de Caucaia (CE) aproveitou para revisar a base de remuneração, alterou o contrato e anunciou a criação do programa Bora de Graça, com Tarifa Zero universal. A passagem, que até então era de R$ 4,90, foi zerada e a quantidade de passageiros quintuplicou. De uma média de cerca de 540 mil pessoas por mês em 2021, a rede passou a transportar 2,4 milhões por mês em 2023. As informações são do secretário municipal de Patrimônio e Transporte de Caucaia, Silvio Nascimento, que estima que a medida ajudou a aquecer a economia local, resultou em mais arrecadação de impostos e beneficiou as empresas locais, que deixaram de arcar com os custos de Vale-Transporte. Ainda não há dados sistematizados disponíveis sobre os impactos econômicos diretos e indiretos.

A prefeitura estima hoje um custo de R$ 42 milhões por ano (R$ 3,5 milhões por mês), equivalente a 2,8% do orçamento de R$ 1,5 bilhão de 2023. A ideia de implementar a Tarifa Zero ganhou apoio até mesmo da empresa operadora. Luís Guimarães, diretor executivo da Viação Vitória, explica que a estabilidade garantida pelo contrato sem variações relacionadas à demanda permitiu investir e aumentar ainda mais a frota. De 48 veículos, a cidade passou a contar com 77, em uma expansão crescente que inclui a aquisição de ônibus modernos com tecnologia para redução de poluentes, suspensão a ar e elevadores para cadeirantes. Representante da terceira geração à frente do grupo, Guimarães conta que considerava a proposta irreal e inviável, e foi crítico quando as manifestações puxadas pelo Movimento Passe Livre chamaram a atenção para a pauta em todo o país em junho de 2013. Hoje, é um entusiasta e abre as portas da garagem da empresa para delegações de outras cidades e países interessadas em conhecer a experiência. Em dezembro de 2023, junto com o secretário Silvio Nascimento, recebeu uma delegação internacional da Fundação Rosa Luxemburgo para apresentar e defender a política.

Em São Caetano do Sul, a história é parecida. A Tarifa Zero foi adotada em novembro de 2023 a partir da alteração do sistema de remuneração vigente com base em um aditivo contratual. A rede é operada pela Viação Padre Eustáquio (VIPE), uma empresa que opera no município desde 1984. O contrato atual de concessão, assinado em 21 de novembro de 2007 e com duração prevista até

2026, previa a operação "por conta e risco" da empresa, "mediante remuneração por apropriação da tarifa paga pelos usuários". O aditivo foi assinado em 30 de outubro de 2023, determinando que a remuneração passaria a ser pelo custo de operação, aferido com base no número de veículos disponibilizados e quilômetros rodados. Ou seja, com base na oferta, e não na demanda.

Entre novembro de 2023 e maio de 2024, a administração havia repassado R$ 20,7 milhões à empresa, o que permite projetar um custo de cerca de R$ 38,6 milhões em 2024, correspondente a 1,6% do orçamento para o ano, que é de R$ 2,4 bilhões. Em seis meses, a média de passageiros mais do que triplicou. Subiu de 636 mil por mês em outubro de 2023 para 2,1 milhões em abril de 2024, conforme os números divulgados pela administração (Santini *et al.*, 2024). As informações de São Caetano do Sul foram verificadas a partir de visita de campo e análise de documentação, como parte de um estudo de caso desenvolvido pelo autor junto com Thiago Von Zeidler Gomes, Silvana Zioni, Danielle Andrade Angelo e Georgia Briano Gratacos Silva para o 38º Congresso de Pesquisa e Ensino em Transportes, organizado pela Associação Nacional de Pesquisa e Ensino em Transportes (ANPET).

Assim como em Caucaia, a frota de ônibus foi aumentada para dar conta da demanda crescente, de 42 para 57 ônibus; o número de linhas aumentou de 8 para 10 e o de viagens de 960 para 1.360 partidas por dia. A possibilidade de prever a receita permitiu que a VIPE assumisse financiamento para renovar a frota, reduzindo a idade média dos veículos de oito anos para seis anos, o que incluiu a compra do primeiro ônibus elétrico da cidade, em operação em fase de testes desde junho de 2024.

Em ambos os casos, a Tarifa Zero abriu caminho para melhorar o atendimento, representando não apenas um aumento no número de usuários, mas também investimentos na aquisição de veículos em um cenário de crise e estagnação no setor.

Tanto em Caucaia quanto em São Caetano do Sul, simples alterações contratuais, acompanhadas de subsídios repassados com base em critérios objetivos, alteraram completamente a lógica de financiamento e melhoraram o sistema. A remuneração por passageiros não apenas tem se revelado impossível, como também estimulado a superlotação. Se o custo real da operação não varia, a solução quando a receita se baseia nas catracas é manter a operação no limite.

Seja para maximizar os custos ou para tentar compensar a perda de receita decorrente da queda de passageiros, não tem jeito: para a conta fechar, os ônibus precisam circular lotados. Em Curitiba (PR), cidade que viu o sistema encolher pela metade em menos de uma década, o manual de especificações técnicas de frota da cidade determina que é possível transportar até 87 pessoas em um ônibus regular (Curitiba, 2024), acima do limite de 70 passageiros indicado pela ABNT. Até recentemente, o manual, que hoje encontra-se "em revisão", previa o limite de 6 pessoas por metro quadrado. Os ônibus com gente se esmagando tal qual lata de sardinha não são resultado de má gestão ou falta de planejamento. Pelo contrário, são sinais de excelência em administração, com base em regras perversas que detalham inclusive o quanto uma pessoa deve se apertar sobre a outra.

Na operação baseada na remuneração por passageiros, a necessidade de manter os ônibus sempre cheios é tamanha que, mesmo no auge da pandemia, quando evitar aglomerações era uma maneira de salvar vidas, em todo o país as empresas reduziram a frota circulante assim que a demanda caiu, mantendo cada veículo cheio de pessoas de máscara, aflitas com a falta de possibilidade de manter distanciamento social mínimo.

No discurso oficial, a superlotação constante aparece como sinal de "eficiência" dos sistemas. Na lógica limitada das planilhas, quanto mais gente transportada no menor número possível de ônibus, melhor. É essa a premissa por trás do corte das linhas em que as pessoas viajam sentadas confortáveis, consideradas "ineficientes". É esse o raciocínio que embasou, durante as gestões de João Doria (PSDB-SP) (2017-2018) e de Bruno Covas (PSDB-SP) (2018-2021) na prefeitura de São Paulo (SP), a reestruturação de linhas que forçou parte da população a fazer mais baldeações, em um dos últimos atos da derrocada do PSDB na capital paulista. São políticas austericidas que, na prática, estão matando o transporte público coletivo nas capitais do país.

A remuneração por passageiros dá sinais de esgotamento e, sem saída, os sindicatos patronais e associações das empresas, antes resistentes a subsídios estatais, não só cobraram recursos para compensar a perda de receitas durante a crise como agora têm defendido e feito lobby no Congresso Nacional para que o Governo Federal custeie gratuidades garantidas em lei, como a do transporte de pessoas com mais de 65 anos. Além de estarem baseadas em uma fantasia, já que o transporte de velhinhos e velhinhas não altera o custo da operação, tal argumentação é perigosa por abrir caminho para revisão de benefícios e conquistas já consolidadas.

Não custa lembrar, aliás, que foi durante as gestões Bruno Covas (PSDB-SP) (2018-2021) e João Doria (PSDB-SP) (2019-2022), respectivamente na prefeitura e no governo de São Paulo, que a gratuidade para pessoas com mais de 60 anos foi reavaliada, em 1º de janeiro de 2020, e a cidade e o estado retrocederam, passando a garantir o benefício apenas para pessoas com mais de 65 anos, limite mínimo estipulado por lei federal. Na cidade, a medida foi revista e os idosos com mais de 60 anos voltaram a ter o benefício em dezembro de 2022 por determinação da Justiça. No estado, o retrocesso foi revertido somente em janeiro de 2023.

Na lógica da remuneração por passageiros, o horizonte é o pior possível. Com a concorrência desleal dos aplicativos de transporte, que conseguem oferecer alternativas de baixo custo a partir da falta de regulamentação adequada e da exploração de trabalho precarizado, a tendência é a situação se agravar mais e mais. Isso sem falar no aumento da motorização no país, turbinado pelo consumo sem freios, com mais gente se endividando para comprar carros e motos vendidos com descontos de impostos federais.

É verdade que a rede de transporte público de uma metrópole nem se compara com a de uma cidade menor, exigindo uma administração mais complexa e desafiadora. O número de viagens aumenta de maneira exponencial quanto maior a população, o que exige redes mais complexas e acarreta mais custo. Não dá para fazer comparações adequadas entre a quantidade de ônibus necessários por pessoa em cidades médias e em metrópoles. Enquanto a frota de ônibus necessária para atender a população costuma ser de até cem veículos em cidades com até 500 mil habitantes, nas metrópoles com milhões de moradores a frota passa de mil. Até por isso, é preciso avançar com soluções plurais, buscar novas formas de organizar e financiar os sistemas. Isso é importante especialmente nas capitais, com redes complexas em que o atendimento por ônibus é combinado e complementado com transporte sobre trilhos, fluvial e mobilidade ativa. Mudanças são urgentes, não dá para ficar encostado simplesmente apontando que não é possível sonhar com uma mobilidade melhor nos principais centros urbanos do país.

Assim, a solução simples adotada por Caucaia (CE) e São Caetano do Sul (SP) pode não ser suficiente, adequada ou mesmo possível em todas as partes, mas há espaço para buscar soluções, e a defesa da Tarifa Zero tem aberto caminho para o debate sobre a maneira como o sistema está organizado, o que inclui repensar o modelo de remuneração, além da **revisão da duração e do alcance das concessões e permissões**. Em vez de contratos globais, que duram por vezes mais de uma década e são frágeis por não permitirem ajustes estruturais nas inevitáveis mudanças de cenário, melhor dividir e organizar as redes de outras maneiras, em acordos com prazos mais curtos. Por que a mesma empresa que fornece os veículos cuida também da bilhetagem e operação? Por que as garagens têm que ser privadas, o que limita de maneira decisiva o número de empresas que podem concorrer nas licitações? Como estabelecer mecanismos sólidos de controle com transparência e participação popular?

Cabe também pensar sobre quais políticas de transporte devem ser priorizadas. E se, em vez de políticas rodoviaristas, como a expansão de avenidas, rodoanéis, pontes e túneis, que exigem bilhões não apenas para construção, mas também para manutenção, que tal destinar mais recursos para o custeio das redes coletivas? Só para dar uma ideia do tamanho do buraco: em São Paulo, de junho de 2022 a março de 2024, a prefeitura torrou R$ 3 bilhões para recapear 20 milhões de metros quadrados de asfalto (São Paulo, 2024a), usando inclusive recursos do Fundo de Desenvolvimento Urbano a partir de uma alteração que permitiu gastar recursos que deveriam ser destinados prioritariamente ao transporte público coletivo, à mobilidade ativa e à habitação de interesse social (Santini, 2023b).

Há caminhos possíveis mesmo para os grandes centros urbanos, que dependem de redes com, proporcionalmente, muito mais ônibus do que as cidades menores. Porque também é verdade que não há comparação entre a capacidade de investimento e gerenciamento de municípios pequenos ou médios à de uma metrópole. Se o desafio é maior, as possibilidades também o são. Mesmo quando o orçamento público não é suficiente, no caminho para baratear ou zerar a tarifa, dá para pensar também em **fontes extratarifárias** e políticas específicas.

O caminho de Vargem Grande Paulista (SP), que adotou a Tarifa Zero universal em novembro de 2019, tornando-se o primeiro município na região metropolitana de São Paulo a zerar a passagem, ilustra bem essa perspectiva de ampliar as fontes de custeio. A história recente de seu sistema de transporte é a mesma de muitas cidades pequenas brasileiras. O caso é contado em detalhes em espanhol na tese que Lucas de Paula Landin em sua pesquisa na Universidade do Chile, intitulada *Tarifa Zero: la financiación del transporte público gratuito en el municipio de Vargem Grande Paulista, Brasil* (Landin, 2022). O texto serviu de base para os próximos parágrafos, elaborados também a partir de entrevistas realizadas com Thiago Von Zeidler Gomes e outros integrantes da Polo Planejamento, empresa que estruturou o novo modelo de financiamento e funcionamento da operação.

Com 54 mil habitantes, Vargem Grande Paulista era atendida até 2016 pela Viação Danúbio Azul, com financiamento exclusivo da receita das catracas, o que gerava uma constante disputa sobre o valor das passagens. Em 2016, ano eleitoral, a tarifa foi congelada e o grupo rescindiu o contrato. Uma nova empresa, a Viação Adilson Lima, assumiu o serviço e, para equilibrar as contas, cortou linhas e encurtou trajetos. O sistema entrou em uma espiral insustentável de queda, com redução constante da receita, acelerando um processo de declínio do uso do transporte público coletivo também verificado em outros municípios da região metropolitana.

Ainda em 2017, a empresa passou a cobrar um subsídio para manter a operação, isso mesmo antes de a Covid-19 impactar as redes no Brasil. Sem muitas alternativas, a administração municipal optou por romper o contrato e, em 2018, estruturou de maneira emergencial uma nova rede de transportes. Em seguida, a partir da consultoria prestada pela Polo Planejamento, a gestão percebeu, com base na experiência adquirida, que faria mais sentido e sairia mais barato simplesmente deixar de cobrar e assumir diretamente a operação de maneira permanente do que tentar contratar uma empresa e organizar um sistema de bilhetagem.

Como alternativa, para viabilizar financeiramente o novo sistema, a lei que regulamenta o sistema (Vargem Grande Paulista, 2019) instituiu uma **taxa mensal de** R$ 39,20 **a ser cobrada**

das empresas por empregado registrado morador da cidade e criou um Fundo Municipal de Trânsito e Transporte Urbano, abastecido também por repasses equivalentes ao subsídio até então pago no sistema anterior, por receitas provenientes de publicidade nos ônibus, nas paradas e no terminal central, pela concessão de espaços comerciais no terminal, e por multas de trânsito e cobrança de estacionamento nas vias públicas. Para minar resistências entre o empresariado local, o prefeito Josué Ramos (PL-SP) envolveu a Associação Comercial e Empresarial de Vargem Grande Paulista, que ganhou um assento no Conselho Gestor do fundo criado, e abriu uma série de exceções. A política entrou em vigor em 5 de novembro de 2019.

Com a crise aberta pela Covid, a prefeitura adiou a cobrança das empresas e, em 2022, o Órgão Especial do Tribunal de Justiça de São Paulo considerou inconstitucional a nova taxa com base em mandados de segurança impetrados por empresas locais (Órgão, 2023). A base para a contestação é que o Código Tributário Nacional não permite criar taxas que afetam indistintamente todas as pessoas jurídicas, incluindo as que supostamente não se beneficiam diretamente do transporte público coletivo. Assim, seria mais adequado instituir uma contribuição, que permite distinções e segue outra lógica.

Por enquanto, sem contar com os recursos do empresariado, Vargem Grande Paulista segue subsidiando a política principalmente com recursos do orçamento municipal. O cenário de crise foi revertido e a cidade duplicou os ônibus disponíveis para a população, passando de 7 para 14 veículos disponíveis, incluindo 3 elétricos, que operam com base em um contrato de locação. A prefeitura segue administrando o sistema, mas terceirizou o serviço de operação, conservação e manutenção da frota. A disputa judicial na cidade ainda pode ter desdobramentos e, mesmo que não tenha conseguido estruturar a operação a partir da taxa cobrada do empresariado, a cidade tornou-se uma referência importante por tentar encontrar novas fontes extratarifárias.

Há um debate no direito tributário sobre a viabilidade de se instituir taxas específicas. O advogado tributarista Francisco Mata Machado Tavares, da Universidade Federal de Goiás, argumenta que é, sim, possível cobrar taxas nesses termos porque a disponibilização das redes de transporte público é de interesse coletivo e, ainda que indiretamente, toda empresa que opera em um município se beneficia das redes. Tavares baseia-se na Súmula Vinculante n. 19 do Supremo Tribunal Federal, que validou a cobrança de taxa pela prestação ou disponibilização do serviço de coleta de resíduos sólidos (Brasil, 2009). Se mesmo imóveis vazios que não produzem lixo pagam, então mesmo empresas em que os trabalhadores se deslocam somente com automóveis deveriam pagar também. A argumentação está reunida no artigo "Alternativas jurídicas para o custeio do transporte coletivo urbano: uma crítica constitucional e sócio-fiscal ao regime de tarifas" (Tavares, 2024).

Vargem Grande Paulista é o primeiro e mais conhecido caso de tentativa de financiamento do transporte com base em cobranças de empresas locais, mas não o único. Há outras cidades estudando como instituir uma taxa para substituir o Vale-Transporte, partindo da premissa de que ele simplesmente zera quando não há cobranças, beneficiando as empresas, que deixam de arcar com esse custo.

Em junho de 2024, uma campanha puxada pela sociedade civil resultou na apresentação de projetos de lei em sete cidades brasileiras propondo a mudança. Nomeada "Busão 0800", a ação foi articulada pela Rede Nossas Cidades — formada por NOSSAS, Tarifa Zero BH e Instituto Polis — e envolveu 18 organizações de 6 estados. A proposta de taxa tem caráter progressivo e prevê a isenção de pagamento para empresas com até dez funcionários. Foi baseada no estudo *Vale-transporte: visão geral e passos possíveis para seu financiamento público*, da pesquisadora mineira Letícia Birchal Domingues (2023). Na França, graças à política *Versement Transport*, as empresas ajudam a custear de maneira decisiva e garantir a qualidade do transporte público coletivo no país. A política serviu de inspiração para a campanha brasileira.

Ampliar as fontes extratarifárias, seja com taxas ao empresariado ou não, pode ser a chave para conseguir manter o equilíbrio e garantir a oferta frente ao inevitável aumento de demanda crescente relacionado à Tarifa Zero. São Caetano do Sul, nos primeiros seis meses do programa, custeou a operação com recursos próprios, mas tomou o cuidado de, no aditivo, estabelecer fontes de receita adicionais para custear a expansão da rede. O novo acordo prevê a **venda de créditos de carbono** a partir da perspectiva de que a Tarifa Zero, ao estimular o uso do transporte público coletivo, pode ajudar a reduzir o uso de veículos motorizados privados e, assim, diminuir a emissão de poluentes na cidade. Também está prevista a destinação de **recursos obtidos com multas e cobranças pelo estacionamento nas vias públicas**.

Pensando no orçamento municipal, a maneira como a Tarifa Zero é implementada é determinante para definir quão redistributiva ela será. Uma política progressiva é aquela que contribui para redução de desigualdades, ou seja, quem tem mais paga mais. Uma regressiva, por outro lado, é aquela que amplia desigualdades, incidindo principalmente sobre quem tem menos recursos. Se representar cortes em outras áreas, ameaçando programas sociais e iniciativas que visam à redução das desigualdades espaciais, pode ser regressiva, ainda que amplie a mobilidade. É por isso que faz sentido pensar em criar fundos de transporte específicos, separando o montante reservado do restante do orçamento municipal.

Se for baseada na revisão de prioridades nos transportes, com mais dinheiro destinado ao transporte público e menos à construção e manutenção de infraestruturas rodoviaristas, ou, ainda, se for baseada em receitas extratarifárias como o custeio por parte das empresas que se beneficiam das redes ou em instrumentos financeiros pensados para desincentivar o uso de automóveis, assume caráter progressivo (Marques, 2016; 2021; 2023). Essa é uma das chaves da disputa que se desenha no horizonte em que a Tarifa Zero tornou-se realidade.

Conclusões de um estudo recente, publicado em maio de 2024, focado em justiça social, apontam que, pensando em equidade, **taxar motoristas** é "a mais desejável fonte de financiamento e [manter] a tarifa é a menos desejável". A análise, desenvolvida a partir de dados empíricos de Chicago, nos Estados Unidos, ressalta o desafio de simplesmente instituir cobranças pela circulação dos automóveis e deixa claro que a solução é complexa, abrindo espaço para se pensar em soluções combinadas (Dai; Zheng; Nie, 2024). Taxar automóveis pode ser parte da composição de financiamento dos sistemas.

Além da cobrança pura e simples por circulação, há mais medidas a se pensar em termos de desincentivar o transporte motorizado individual, como, conforme já mencionado, cobrar por estacionamento de veículos privados em áreas públicas, como previsto em São Caetano do Sul e em Vargem Grande Paulista. No Brasil, aliás, muita gente ainda manifesta estranhamento ao ouvir falar em "Passe Livre", mas ninguém franze as sobrancelhas ao ouvir "estacionamento livre". Em um contexto em que parte da população vive apertada nas metrópoles, é naturalizada a destinação de espaço público para carros privados.

Um outro caminho para se instituir a política de maneira mais redistributiva pode ser desenvolver maneiras de cobrar um **Imposto sobre a Propriedade Predial e Territorial Urbana (IPTU) progressivo**, em que quem é proprietário de grandes áreas paga mais e, assim, ajuda a financiar as redes. Essa ideia tem um bônus, que é contribuir para reduzir as diferenças socioespaciais, servindo para desestimular a aquisição e posse de terrenos gigantes para especulação imobiliária. Na proposta original de Tarifa Zero apresentada por Lucio Gregori em 1990, uma das perspectivas era justamente criar um fundo de transporte específico baseado em IPTU progressivo. Ele também viu, na época, questionamentos à viabilidade jurídica da ideia.

Das experiências concretas, há ainda soluções pouco usuais. Na lógica atual em que o orçamento federal é parcialmente comprometido por **emendas individuais de parlamentares**, em uma lógica pouco republicana (Scaff, 2024), há ainda casos de direcionamento direto de recursos para o custeio do transporte público. Para viabilizar o início da Tarifa Zero em Ituiutaba (MG), cidade de 102 mil habitantes, o deputado federal André Janones (Avante-MG), destinou uma emenda impositiva, ou seja, que não pode ser vetada, destinando R$ 2 milhões para a prefeitura local. O pagamento será por quilômetro rodado. Janones esteve ao lado da prefeita Leandra Guedes (Avante-MG), sua aliada política, no anúncio, capitalizando a popularidade da medida.

Em suma, as cidades têm buscado, com sucesso, diferentes maneiras para o custeio, deixando para trás a arrecadação das catracas e revendo o pagamento por passageiros. Não existe uma fórmula única universal e as soluções devem ser pensadas tendo em conta o contexto local e possibilidades das mais variadas.

Uma referência importante para quem planeja avançar é a publicação *10 passos para ter tarifa zero e transporte de qualidade no seu plano de governo*, organizada pelo IDEC para auxiliar candidatos e candidatas às eleições municipais de 2024 (IDEC; Coalizão Mobilidade Triplo Zero, 2024). Há um conjunto de medidas que pode ser bastante útil para rever prioridades e melhor organizar as redes.

Isso para falar só de saídas imediatas que podem ser consideradas na esfera municipal. Há também discussões sobre como incluir os estados na busca por soluções, cobrando **repasses e divisão de custos nos sistemas metropolitanos**, algo fundamental em cidades conurbadas em que as divisões territoriais não passam de linhas em mapas. É preciso pensar em integrar e garantir que quem mora na periferia não tenha que pagar tarifas diferentes e mudar de ônibus para circular. Os governadores e governadoras têm responsabilidade em fazer tal integração avançar.

Algumas tentativas de obter fontes extratarifárias ainda se baseiam na lógica do pagamento por passageiros, cabe destacar. Em todo o país, empresários do setor se articulam para pressionar por repasses dos governos estaduais para custear o transporte gratuito de estudantes das escolas estaduais, tal qual fazem em relação aos idosos no plano federal.

O melhor caminho para expandir a Tarifa Zero para metrópoles talvez seja uma política federal que garanta o custeio, integral ou parcial, e organize minimamente a situação, estabelecendo critérios objetivos e transparentes para repasses públicos, abrindo espaço para participação e monitoramento dos gastos. Propostas concretas existem, inclusive com soluções criativas.

A ex-prefeita de São Paulo e hoje deputada federal Luiza Erundina (PSOL-SP), a mesma que foi pioneira em tentar implementar a Tarifa Zero no Brasil, apresentou em 2023 a Proposta de Emenda Constitucional (PEC) n. 25/2023 (Brasil, 2023b) pela **criação do Sistema Único de Mobilidade (SUM)**. Assim como o Sistema Único de Saúde (SUS), o SUM baseia-se na premissa de acesso universal e gratuito. O texto foi influenciado pela proposição construída pela sociedade civil que envolveu 37 organizações e 105 pessoas articuladas por Aline Leite, Ana Maria Barbour, Annie Oviedo e Rafael Calabria, do Instituto de Defesa de Consumidores (IDEC), e Beatriz Rodrigues, do Instituto de Políticas de Transporte & Desenvolvimento (ITDP). Tal proposição apresenta princípios e parâmetros detalhados que podem servir de referência importante para a reestruturação da mobilidade urbana no país (IDEC, 2023).

Há outras propostas de criação de um SUM em discussão, como a apresentada pelo Movimento Nacional pelo Direito ao Transporte (MDT), outra organização com contribuições importantes para o debate, e mesmo a possibilidade de se avançar com um novo marco legal no setor, mas a base mais sólida para a criação de um sistema universal é a proposta pela parlamentar.

Como parte da emenda, para garantir o financiamento, o texto apresentado por Erundina prevê a criação da Contribuição sobre o Uso do Sistema Viário (Conusv), uma ideia de Lucio Gregori, ex-secretário municipal de Transportes de Erundina — inicialmente, o engenheiro havia pensado em uma taxa, mas, para evitar o risco de questionamentos jurídicos, passou a trabalhar com a ideia de contribuição. Há todo um debate no direito tributário sobre a possibilidade de se instituir taxas específicas para custear o transporte, conforme já mencionado.

A contribuição proposta por Gregori baseia-se na cobrança pela circulação de automóveis nas cidades, mas a proposição é mais sofisticada que a de um mero pedágio urbano. Medidas de desestímulo ao uso de automóveis são bem-vindas, mas é preciso considerar o contexto social do Brasil, em que a motorização impulsionada por políticas tributárias de incentivo à compra de veículos incluiu parte vulnerável da população.

Preocupado em garantir um caráter progressivo na nova contribuição, Gregori traçou as bases para diferenciar o tipo de cobrança. Carros mais potentes e maiores, que são os que mais poluem, pagam mais; carros populares, menos. Trata-se, vale registrar, de uma das raras tentativas de frear a multiplicação de carros gigantes nas cidades brasileiras — sobre o assunto, vale ler e ouvir o episódio "O SUV é o retrato da imbecilidade que virou o trânsito", de Guilherme Felitti no podcast *Tecnocracia* (Felitti, 2024).

Assim, diferente do pedágio urbano, que cobra indiscriminadamente pelo acesso com carros às cidades, a Conusv permite uma diferenciação importante, ao mesmo tempo que fortalece o transporte público. Quem comprou um carro popular a prestações e mora nas periferias sem condições de viver nas áreas centrais, que são mais caras e concentram empregos e oportunidades, ainda terá condições de acessar as cidades. Proprietários de carros populares pagariam mais do que quem anda de ônibus, o que é razoável, já que os deslocamentos por automóveis provocam externalidades que prejudicam toda a sociedade, mas um valor bem menor do que quem circula em carros de luxo e pode contribuir mais.

Seja trabalhando pela aprovação da PEC, seja apresentando novas propostas para ajudar municípios e estados no financiamento do transporte público coletivo, o Governo Federal tem a oportunidade de apresentar uma solução que pode ter um impacto social tão significativo quanto o Bolsa Família, conforme defendido em artigo (Linke *et al.*, 2023) publicado na *Folha de S. Paulo* em agosto de 2023 por Clarisse Cunha Linke, Letícia Birchal Domingues (autora do estudo sobre vale-transporte citado: Domingues, 2023), Daniel Caribé, Daniel Santini (autor deste livro) e Roberto Andrés. Porque não custa lembrar que parte significativa da renda das famílias pobres é gasta com transporte hoje no Brasil. A última *Pesquisa de Orçamento Familiar* realizada pelo Instituto Brasileiro de Geografia e Estatística (IBGE) aponta que em média 18% do orçamento de cada família brasileira nas grandes regiões hoje é gasto com transporte — além do transporte público coletivo, a estimativa inclui também gastos com transporte individual. É mais do que o valor destinado à alimentação, estimado em 17,5%, na média. Nas regiões Sul e Centro-Oeste, a média com transporte passa de 20% e a de alimentação é inferior a 17,1% (IBGE, 2019).

Os custos com transporte afetam especialmente trabalhadores e trabalhadoras informais e pessoas em situação vulnerável. No Brasil, há 56,9 milhões de pessoas em situação de insegurança alimentar leve, 32,4 milhões em insegurança alimentar moderada e 33,1 milhões passando fome (Lizagarra; Pereira Filho, 2024). Não custa lembrar: não existe almoço grátis. Do jeito que a mobilidade está organizada hoje, tem gente deixando de se alimentar de maneira apropriada para poder se mover. A Tarifa Zero tem potencial inclusive para reduzir a fome no país.

Seja na esfera municipal, estadual ou federal, mudanças urgentes são necessárias para a própria continuidade do transporte público coletivo em nossas cidades. O sistema está colapsando e, se tudo continuar assim, em vinte ou trinta anos algumas capitais podem não ter mais redes capazes de atender a população. Basta olhar os números.

A CRISE DO TRANSPORTE PÚBLICO NO BRASIL

Enxugando o gelo,
sua realidade segura por um fiapo de cabelo.
Apego pelo tempo, melhor não tê-lo;
segurá-lo, não quero, nem há como contê-lo.

BNegão & Os Seletores de Frequência, 2003

Os ônibus municipais das onze cidades mais populosas do país, todas elas capitais, perderam um terço dos passageiros entre 2013 e 2023. A tendência de queda se acentuou com a pandemia da Covid-19, mas é anterior a ela. Antes da crise, em 2018, as redes já haviam encolhido 11%. Em números absolutos, São Paulo (SP), Rio de Janeiro (RJ), Brasília (DF), Fortaleza (CE), Salvador (BA), Belo Horizonte (MG), Manaus (AM), Curitiba (PR), Recife (PE), Goiânia (GO) e Porto Alegre (RS) perderam 2,8 bilhões de passageiros por ano em uma década. Foram 9,8 bilhões de pessoas transportadas em 2013 e 6,9 bilhões em 2023. Os números são do *Anuário 2024 do Ônibus e da Mobilidade Urbana* (Asquini, 2024) e foram verificados nos sites e documentos públicos das respectivas cidades quando disponíveis, com complementações de dados faltantes.

Além das dez maiores capitais, decidiu-se incluir Porto Alegre (RS), a décima primeira, com o objetivo de oferecer um contexto mais adequado para a experiência de Canoas (RS). Localizada na região metropolitana da capital, Canoas implementou a Tarifa Zero universal de forma emergencial após as chuvas que atingiram o Rio Grande do Sul em abril e maio de 2024.

Passageiros transportados por ano nas onze cidades mais populosas do Brasil

	população	**2013**	**2018**	**2023**	**2013 a 2023 (em %)**	**viagens no ano por habitante 2013**	**viagens no ano por habitante 2018**	**viagens no ano por habitante 2023**
São Paulo	11.451.999	2.924	2789	2.081	-29	255	244	182
Rio de Janeiro	6.211.223	1.208	1.088	641	-47	194	175	103
Brasília	2.817.381	386	352	349	-10	137	125	124
Fortaleza	2.428.708	350	306	180	-49	144	126	74
Salvador	2.417.678	405	423	333	-18	168	175	138
Belo Horizonte	2.315.560	453	372	275	-39	196	161	119
Manaus	2.063.689	268	193	136	-49	130	94	66
Curitiba	1.773.718	669	394	338	-49	377	222	191
Recife	1.488.920	616	361	275	-55	414	242	185
Goiânia	1.437.366	227	145	125	-45	158	101	87
Porto Alegre	1.332.845	321	247	196	-39	241	185	147
total	35.739.087	9840	8688	6952	-29	275	243	195

Elaboração própria com base no *Anuário 2024 do Ônibus e da Mobilidade Urbana* (Asquini, 2024) e em informações disponibilizados pelos municípios

Há casos extremos, como Rio de Janeiro (RJ), Fortaleza (CE), Manaus (AM), Curitiba (PR) e Recife (PE), esta última a que sofreu a pior derrocada. Todas perderam praticamente metade do público em uma década. Somadas, as onze maiores cidades do país têm 35,7 milhões de habitantes e representam 17,6% da população nacional, que é de 203 milhões, conforme o Censo de 2022 (IBGE, 2023). São uma amostra significativa de uma crise aguda no setor, que está longe de ser exclusividade das capitais. A queda de passageiros é uma constante, mesmo em cidades médias e pequenas, e tem a ver com o esgotamento do modelo de remuneração, conforme mencionado, entre muitos outros fatores que podem e devem ser aprofundados. O efeito da ampliação dos transportes por aplicativos, o aumento da motorização individual, as mudanças de dinâmicas de deslocamento nas cidades, tudo isso entra na conta, e este livro, apesar de mencionar alguns deles, não pretende esgotar a análise da crise, que merece estudos específicos e mais detalhados.

Fato é, porém, que o transporte coletivo no Brasil está encolhendo em uma velocidade preocupante. São raras as exceções das redes que não perderam passageiros sequencialmente na última década, com destaque para as cidades que adotaram a Tarifa Zero, nas quais a demanda cresceu de maneira exponencial.

Os empresários do setor sabem disso. O tema escolhido para a 37ª edição do Seminário Nacional da Associação Nacional das Empresas de Transporte Urbano (NTU), em agosto de 2024, foi *A revitalização do transporte público e a reconquista do passageiro*. No anuário de 2022-2023 (NTU, 2024), a própria NTU aponta que, "após mais de três anos desde o início da pandemia, o setor ainda não atingiu o índice de demanda registrado anteriormente, e talvez não recupere". É uma conclusão desoladora que deveria preocupar toda a sociedade. A redução da proporção de pessoas usando transporte público coletivo afeta a qualidade de vida nas cidades, a economia e a saúde.

Parte do público, frustrada com o encarecimento e a precarização do serviço, passou a reorganizar rotinas com base em serviços de aplicativos de transporte de pessoas e mercadorias. O efeito dos aplicativos de transporte na uberização — termo cunhado em função da Uber, principal plataforma do tipo — não pode ser subestimado. O modelo de negócios de tais empresas fundamenta-se na disputa com outros modos de transporte e afeta as redes públicas, concorrendo diretamente sem o custo de encargos trabalhistas e regulação detalhada. O assunto está mais bem detalhado na segunda parte do livro.

Houve também quem desistiu do transporte público coletivo e optou pela aquisição de veículos motorizados individuais. De dezembro de 2013 até dezembro de 2023, para usar o mesmo recorte temporal, a frota nacional de automóveis saltou de 45 milhões em 2013 (22 para cada 100 habitantes) para 61 milhões em 2023 (30 para cada 100 habitantes). Quanto às motocicletas, o número passou de 18 milhões em 2013 (9 para cada 100 habitantes) para 26 milhões em 2023 (13 para cada 100 habitantes). Os dados são baseados nas estatísticas da Secretaria Nacional de Trânsito (Brasil, 2024a) e do Instituto Brasileiro de Geografia e Estatística (IBGE, 2023).

O aumento da proporção de carros e motos circulando nas cidades foi induzido nas últimas décadas tanto pelas políticas rodoviaristas que privilegiam deslocamentos individuais quanto pelas isenções tributárias para as indústrias e facilidades de financiamento. O resultado prático é mais gente endividada frustrada em congestionamentos cada vez mais incontornáveis, cobrando soluções imediatas como alargamento de avenidas e supressão de faixas exclusivas de ônibus e ciclofaixas. As cidades ganham toneladas de asfalto todos os anos e tornam-se, cada vez mais, uma sequência sem fim de estradas urbanas e estacionamentos, inóspita, seca e — em tempos de emergência climática não custa lembrar — impermeável.

Isso para falar de quem conseguiu comprar um carro ou uma moto para viabilizar soluções individuais frente à crise coletiva de mobilidade que ameaça o tecido urbano em todos os cantos. Porque parte da população simplesmente não tem conseguido se locomover. A explosão de demanda nas cidades que adotaram a Tarifa Zero explicita a segregação espacial dos mais pobres. Quando a barreira imposta pelas cobranças é suspensa, o número de viagens aumenta especialmente nas áreas mais vulneráveis.

Em Mariana (MG), cidade de 61,3 mil habitantes que adotou a Tarifa Zero em fevereiro de 2022, o número de viagens cresceu de maneira exponencial nas linhas que conectam as regiões que concentram maior proporção de moradores de renda mais baixa. Uma análise cruzando dados sobre o número de viagens com as áreas com maior número de pessoas inscritas no Cadastro Único para Programas Sociais do Governo Federal (CadÚnico) permite traçar conclusões sólidas sobre os benefícios sociais da política, bem como sobre como ela pode ser estratégica para reverter a tendência de encolhimento do transporte público.

Mariana tinha uma média mensal de 234 mil passageiros por mês em 2019. Em agosto de 2023, o número já havia quase dobrado: 443 mil por mês, com crescimento especialmente nos bairros que formam o Complexo Cabanas e Rosário, justamente as áreas com mais inscritos no CadÚnico. O caso foi tema da dissertação de mestrado do autor (Santini, 2023c).

Para melhor contextualizar e entender variações relacionadas à pandemia da Covid-19, o estudo envolveu também o levantamento de dados de Ouro Preto (MG), município vizinho usado como controle. A cidade, com praticamente a mesma área (1.194,20 km^2 × 1.245,86 km^2) e densidade populacional (51,4 hab/km^2 × 60,06 hab/km^2), tinha uma rede duas vezes maior que a de Mariana antes de a pandemia começar. Em fevereiro de 2020, foram 398 mil passageiros por mês em Ouro Preto contra 194 mil por mês em Mariana (MG). Em julho de 2023, pela primeira vez, a situação se inverteu e o sistema de transporte público coletivo de Mariana superou o de Ouro Preto. A primeira levou 411 mil pessoas; a segunda, na mesma estagnação que as capitais do país, viu sua média no mês fechar em 362 mil.

Nas metrópoles, não só o número de viagens diminuiu, como também a frota, mesmo com os subsídios aumentando para equilibrar a queda das receitas das catracas. Em São Paulo, a frota, que em 2013 chegou a ter mais de 15 mil ônibus, em 2023 fechou o ano em 13,3 mil. No mesmo período, os subsídios aumentaram de R$ 1,2 bilhão para R$ 5,3 bilhões (mais do que o obtido com as tarifas: R$ 4,8 bilhões). O aumento tem sido expressivo desde 2020, quando os repasses foram de R$ 3,3 bilhões. A prefeitura justifica o aporte adicional de recursos ano a ano como a única alternativa para manter a passagem em R$ 4,40.

O congelamento tem relação com o custo político de subir as passagens, que aumentou consideravelmente desde Junho de 2013. Não custa lembrar que as manifestações puxadas pelo Movimento Passe Livre começaram em São Paulo justamente por conta de um aumento de R$ 0,20 nas passagens, servindo de gatilho para uma explosão social complexa, que merece ser olhada com atenção. A melhor análise sobre o que aconteceu é a que o urbanista Roberto Andrés apresenta no livro *A Razão dos Centavos: crise urbana, vida democrática e as revoltas de 2013*, indispensável para quem quer se aprofundar no tema (Andrés, 2023).

Além da dificuldade de impor novos aumentos de passagens, existe a preocupação da gestão municipal em São Paulo de evitar que a rede encolha ainda mais. O número de passageiros transportados por ano nos ônibus da cidade caiu de 2,9 bilhões para 2 bilhões, e mesmo a Tarifa Zero parcial instituída aos domingos e feriados não tem sido suficiente para fazer o sistema reagir. A média mensal de passageiros nos seis primeiros meses de 2024 foi de 177 milhões de pessoas, quase a mesma do mesmo período de

2023, que foi de 171 milhões (no ano, em 2023, a média mensal fechou em 173 milhões). Nos domingos e feriados nos primeiros seis meses de 2024, os passageiros transportados gratuitamente pelo programa Domingão Tarifa Zero foram 81,3 milhões, uma média de 13,5 milhões por mês, conforme notícia divulgada no site da prefeitura (São Paulo, 2024b). Ou seja, houve aumento considerável no uso da rede nos dias livres, mas ele praticamente equilibrou a perda de passageiros nos dias úteis. O sistema não está nem perto de recuperar a média de uma década atrás. Em 2013, eram 243 milhões de passageiros por mês, segundo a página de atualização de estatísticas de uso do sistema (São Paulo, 2024c).

Pior, São Paulo adotou a Tarifa Zero sem alterar a fórmula de remuneração, que ainda é influenciada pelo número de passageiros transportados. É verdade que, ao contrário de outras cidades, a conta é baseada principalmente no custo operacional. Ou seja, na frota disponibilizada, horas de operação e quilometragem, além de custos fixos. Os aumentos ou diminuições no número de pessoas transportadas, porém, alteram o valor a ser pago para as empresas. "A demanda de passageiros é fator influenciador relevante na remuneração das Empresas Operadoras do Sistema de Transporte", conforme o Anexo IV - Política Tarifária e Remuneração da Concorrência n. 001/2015 (São Paulo, 2015).

As variações são calculadas a partir de valores de referência, o que minimiza o efeito de flutuações mais intensas. O texto prevê até uma blindagem das empresas no caso de a demanda despencar: "Contudo, uma variação permanente da demanda com a não realização contínua da demanda de referência enseja uma revisão dos estudos iniciais, de forma a espelhar, de modo contínuo, a real demanda de cada um dos contratos, sem ofensa ao equilíbrio econômico financeiro da relação contratual".

O contrato determina, ainda, que a remuneração final será baseada na "produtividade", com distribuição do ganho total entre as operadoras que apresentarem resultados "positivos".

O Relatório Integrado de Administração da empresa (SPTrans, 2024) detalha melhor o que a empresa considera como "indicador de produtividade". O documento tem um índice chamado "Passageiro Veículo Dia", que serve como parâmetro e incentivo à superlotação. "O PVD é o quociente entre a média obtida de embarques de passageiros por dia útil de operação e a quantidade média de frota monitorada no pico da manhã. Em termos de produtividade, *quanto maior o PVD melhor o resultado*", diz o documento (grifo do autor).

A Tarifa Zero tem se revelado uma política que provoca, de imediato, um aumento de demanda exponencial. No linguajar técnico e pouco sensível a quem anda apertado nos coletivos, a abolição das catracas é bastante "produtiva". Instituir a política sem alterar a fórmula, ainda que de maneira parcial como fez São Paulo, significa um grave desperdício de recursos públicos. Na prática, os ônibus aos domingos e feriados estão cada vez mais lotados e custam mais caro para o poder público. Nos seis primeiros meses da medida, a remuneração líquida mensal média para as empresas aumentou de R$ 814 milhões no primeiro semestre de 2023 para R$ 844 milhões no primeiro semestre de 2024, acompanhando a curva de evolução da demanda (171 milhões de passageiros por mês no primeiro semestre de 2023 × 177 milhões por mês no primeiro semestre de 2024), sem que necessariamente houvesse melhorias no serviço.

Para ser justo, o contrato também prevê que "caso a demanda por três meses consecutivos apresente um valor superior a 102% da demanda de referência, deverá ser avaliada a necessidade de reprogramação da oferta para garantir os parâmetros de qualidade do edital e será definida uma nova demanda de referência". O problema é que, como o crescimento é exponencial e o número de passageiros deve continuar subindo nos fins de semana e feriados, se a oferta for ampliada nesses dias, a situação deve se repetir constantemente, com a demanda de referência tendo que ser constantemente revista em intervalos bastante lucrativos para as operadoras.

Com subsídios crescentes, perda de passageiros e frota reduzida, o cenário é desolador em São Paulo. Em meio ao encolhimento do transporte público coletivo, a cidade continua diminuindo o número de linhas — 63 foram cortadas em 2023 — e praticamente abandonou a política de ampliação de faixas exclusivas de ônibus. De 2012 a 2018, as faixas exclusivas foram ampliadas de 91,74 km para 512 km. Desde então, o ritmo foi diminuindo até praticamente parar. Nos últimos cinco anos foram instituídas faixas em 205,56 km, sendo que, em 2022 e 2023, apenas 15,5 km e 18,2 km de novas faixas exclusivas foram criados, respectivamente. A política de abrir espaço para circulação prioritária de ônibus estancou de vez e isso agrava a lentidão do sistema.

Preso no trânsito em veículos cada vez mais lotados, quem depende dos ônibus não parece exatamente contente na cidade. Em 2023, das 83,9 mil manifestações recebidas pela SPTrans, 77,2 mil eram reclamações, 5,1 mil solicitações e 1,5 mil elogios, ainda conforme o Relatório Integrado de Administração da empresa (SPTrans, 2024), mais uma fonte de onde as informações sobre faixas exclusivas foram tiradas.

Amarradas em contratos oblíquos, em que a remuneração varia conforme o número de passageiros e não somente com base nos custos reais, as prefeituras de todo o país têm tido dificuldade em equilibrar as contas. A crise, conforme indicado, não é exclusividade de São Paulo. Se na cidade a frota caiu de mais de 15 mil em 2013 para 13,3 mil em 2023, há cidades em que a quantidade de ônibus disponíveis para atender a população caiu pela metade. Em Belém, conforme dados da administração (Belém, 2024), a frota municipal passou de 2.025 ônibus em 2014 para 1.046 ônibus em 2023 (não há dados disponíveis para 2013). A idade média dos veículos, um bom indicativo para determinar a qualidade deles, subiu de 4,1 em 2013 para 8,6 em 2023.

O caso de Curitiba, cidade que tem 1,7 milhões de habitantes e desde 2022 figura entre as que têm as passagens de ônibus mais caras do país, exemplifica bem o desequilíbrio. Na cidade onde a tarifa é R$ 6,00, mesmo preço praticado por Belo Horizonte, Florianópolis (SC) e Porto Velho (RO), a remuneração é baseada no IPK, o índice de passageiros equivalentes transportados por quilômetro rodado. A cidade vem perdendo passageiros de maneira regular na última década e, mesmo com aumentos constantes na tarifa e injeção de subsídios para atender aos contratos e equilibrar a queda acentuada de receita durante a pandemia da Covid-19, tem tido dificuldades crescentes com as contas.

A rede de ônibus municipais chegou a transportar 669 milhões de passageiros em 2013 e encolheu pela metade em menos de uma década. Em 2019, antes da Covid-19, o total já havia caído para 388 milhões. Com a pandemia, em 2020, chegou a cair para 206 milhões. O sistema cresceu brevemente nos anos seguintes, mas não alcançou sequer a média de 2019 — foram 246 milhões em 2021, 327 milhões em 2022 e 338 milhões em 2023, uma média de 13 milhões por mês. Em 2024, a média dos cinco primeiros meses do ano foi de 13,2 milhões. Todos os dados estão disponíveis no site da Urbanização de Curitiba S/A (URBS), empresa de economia mista que administra o sistema de transporte da cidade (Curitiba, 2024).

O número de passageiros despencou e, para manter a operação sem tornar a tarifa ainda mais cara, amarrados pelo acordo baseado em pagamento por passageiro, a prefeitura teve que repassar cerca de R$ 200 milhões a mais em 2023, segundo cálculo do presidente da URBS, Ogeny Pedro Maia Neto (Curitiba, 2023). O valor entrou para cobrir a conta apresentada pelas empresas, isso mesmo com a arrecadação de R$ 805 milhões em passagens no ano. O cálculo inclui "remuneração justa" de 10,22% para as empresas e um custo de administração de 5,34% (valores de março de 2024).

O descompasso tem levado a Câmara Municipal a discutir o modelo de financiamento. Em 2023, a casa criou a Comissão Especial da Tarifa Zero e uma Comissão Especial de Transporte e, em 2024, uma Frente Parlamentar da Nova Concessão do Transporte. O financiamento de um sistema que em 2023 custou mais de R$ 1 bilhão, considerando a arrecadação das catracas e os subsídios, não é algo simples, obviamente. O valor desproporcional corresponde a 10% do orçamento do município. Como defender que a gestão assuma integralmente o custo e ofereça transporte livre para toda a população? Rever o repasse por passageiros pode ser o primeiro passo. Revisar os custos e fórmulas e entender por que os custos de um serviço em declínio são tão altos e só aumentam, o segundo. Curitiba pode e deve ter uma estrutura profissional capaz de gerir uma rede melhor e mais acessível. A cidade terá uma nova licitação para concessão em 2026 e deve aproveitar o momento para estipular novas bases.

A busca por alternativas repete-se em todo o país a partir de um ciclo simples que se repete em um cenário de crise sistêmica relacionada ao modelo de financiamento, um fator agravado pela pandemia. Há um desequilíbrio em um ciclo vicioso bem descrito pelo pesquisador Paíque Santarém (Santarém, 2023), que pode ser resumido facilmente em uma espiral de declínio. Quanto mais cara a passagem, menos gente nos ônibus e menos ônibus circulando, em ciclos de redução que se repetem tornando, cada vez mais, inviável a operação.

O esgotamento do modelo arcaico de financiamento é um dos fatores que ajuda a entender por que a Tarifa Zero vem ganhando espaço no Brasil e passou a ser estudada até mesmo como uma alternativa para as metrópoles do país.

DA UTOPIA À REALIDADE

Se você pensa que eu pago a tarifa
Tarifa eu não pago não
Transporte tem que ser de qualidade
E atender a população
[...] Se você paga não deveria
Pois o transporte não é mercadoria

Du Macedo, marchinha de Carnaval,
álbum Pula Catraca!, 2014

Por que venta na praia durante o dia? A terra esquenta mais do que o mar. O solo concentra calor de maneira mais intensa do que a água salgada, e o ar se aquece e sobe, abrindo espaço. A diferença de temperatura explica a brisa marítima. O ar mais frio do mar ocupa a lacuna deixada pela subida do ar quente na terra. Não existe vácuo na natureza.

Na mobilidade também não. A crise do sistema de financiamento do transporte público no país, turbinada pela pandemia da Covid-19, abriu espaço no Brasil para a revisão das formas de organização, gestão e financiamento. A Tarifa Zero se espalhou pelo país assim, como uma lufada ocupando o vácuo deixado por um modelo que simplesmente evaporou.

A comparação ajuda a entender a rápida expansão recente da política. Um olhar sobre a evolução explicita tal dinâmica. O primeiro caso de Tarifa Zero universal identificado no país é de 1992, quando o pequeno município de Conchas (SP) adotou a política. A iniciativa foi de Paulo Nunes de Almeida, um dos primeiros eleitos pelo PT. A cidade, atualmente com 15 mil habitantes, é uma das menos populosas entre as mapeadas. O município ainda hoje mantém a política universal, mas ela chegou a ser interrompida nos anos 2000, quando, durante certo período, houve cobrança de R$ 1,00 por viagem. O caso foi identificado em 2023 pelo pesquisador André Veloso, ao vasculhar arquivos da revista *Technibus* durante a pesquisa para sua tese *A "Era do ônibus": formação, ascensão e hegemonia do empresariado de ônibus urbano de Belo Horizonte 1950-1990* (Veloso, 2023).

À materialização da Tarifa Zero — dois anos após Lucio Gregori propor, sem sucesso, abolir as catracas na cidade de São Paulo —, seguiu-se um período de marasmo. Nos 20 anos seguintes, até 2012, apenas 17 casos foram mapeados. Nesse ano, foi aprovada a Política Nacional de Mobilidade Urbana (Lei n. 12.587) (Brasil, 2012), um marco importante por determinar textualmente como uma diretriz a "prioridade dos modos de transportes não motorizados sobre os motorizados e dos serviços de transporte público coletivo sobre o transporte individual motorizado". Sobre política tarifária, o texto determina a "promoção da equidade no acesso aos serviços", fala em "ser instrumento da política de ocupação equilibrada da cidade de acordo com o plano diretor municipal, regional e metropolitano" e exige "modicidade da tarifa para o usuário". Modicidade é um conceito particularmente interessante, que prevê preços módicos, ou seja, preços justos e acessíveis. A diretriz é ampliar o acesso o máximo possível.

No ano seguinte, as manifestações de Junho de 2013 — que tornaram o Passe Livre uma pauta nacional e ajudaram a avançar com a ideia de que a mobilidade, mais do que uma mercadoria, é um direito — aumentaram o ritmo de expansão, mas mais como uma brisa suave. De 2013 a 2019, foram mais 25 casos. Em 2015, o transporte foi reconhecido como um direito graças à Proposta de Emenda Constitucional n. 90/2015 (Brasil, 2015), apresentada por Luiza Erundina, então deputada federal pelo PSB. Impulsionada pela mobilização nas ruas, a proposta foi aprovada e alterou o artigo 6º da Constituição Federal, colocando o transporte como um direito social ao lado da educação, da saúde, da alimentação, do trabalho, da moradia, do lazer, da segurança, da previdência social, da proteção à maternidade e à infância e da assistência aos desamparados. É a base legal mais importante para a defesa da gratuidade universal.

A pandemia da Covid-19 acelerou a evolução da política e, nos três anos mais afetados pela crise — 2020, 2021 e 2022 —, o vento ganhou força. A Organização Mundial de Saúde (OMS) caracterizou a situação como de pandemia mundial em 11 de março de 2020. No Brasil, a Emergência em Saúde Pública de Importância Nacional (Espin) foi declarada em fevereiro de 2020 pelo Governo Federal, com Senado e Câmara dos Deputados regulamentando leis relacionadas em seguida. Formalmente, a emergência durou até abril de 2022. O número de cidades com Tarifa Zero universal praticamente dobrou nesses três anos, de 38 para 72 casos.

Foi no pós-pandemia, porém, que o que era uma brisa virou ventania quando, mesmo com o fim da crise, o sistema não voltou a se estabilizar e a busca por alternativas se acentuou. A NTU estima, com base na análise dos dados sobre os sistemas de ônibus urbanos de 18 cidades, que a demanda em janeiro de 2023 era de 76,6% em relação a fevereiro de 2020, último mês antes de a pandemia chegar ao país (NTU, 2023). Isso em um contexto em que as redes já vinham encolhendo. A lacuna deixada abriu espaço para a multiplicação da Tarifa Zero, em um efeito contagiante, com municípios se inspirando nas experiências já estabelecidas. Delegações de prefeitos e vereadores se organizaram para conhecer as referências existentes, articulações regionais ganharam força e, em 2023, o número de casos saltou de 72 para 109, com concentração no último trimestre do ano. Em 2024, no primeiro semestre, mais 7 casos foram identificados.

Evolução do número de cidades com Tarifa Zero universal no Brasil

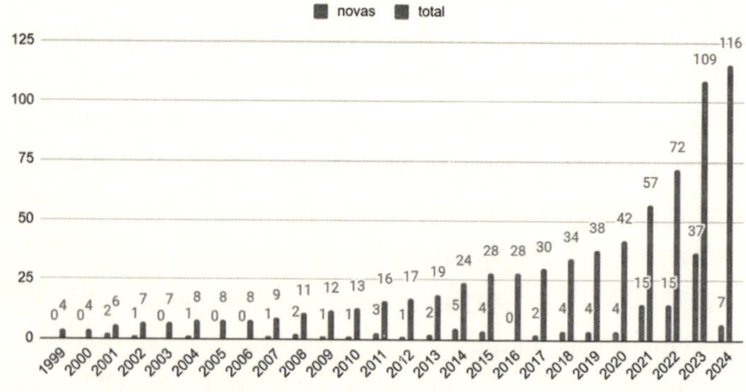

Elaboração própria com base em mapeamento de caráter colaborativo organizado pelo autor (Santini, 2024a; 2024b; 2024c)

O mapeamento colaborativo das experiências se fortaleceu, com uma rede formada por pesquisadores e ativistas espalhados em todo o país, e, em julho de 2024, já haviam sido identificados 116 municípios com Tarifa Zero universal, um conjunto com população de 5,8 milhões de pessoas, aproximadamente 2,8% dos 203 milhões que compõem a população nacional. O número ainda é pequeno, apenas 2,1% dos 5.570 municípios do país adotam a Tarifa Zero, mas a política tornou-se realidade e passou a despertar mais interesse público. O número de pesquisas no Google sobre o termo "Tarifa Zero", que pode ser verificado no Google Trends, atingiu um ápice em dezembro de 2023, mantendo-se em um patamar elevado em 2024, com a maioria das consultas sendo realizadas, nesta ordem, por usuários em São Paulo, Ceará, Paraná, Santa Catarina e Minas Gerais, que são estados que concentram um bom número de experiências. Relevante destacar que não só o número de cidades aumentou em 2023 e 2024, mas também a adesão de municípios com mais de 100 mil habitantes. Hoje são 13, dos quais 7 adotaram em 2023 e 2024.

A lista das cidades mais populosas com Tarifa Zero inclui 6 municípios na região metropolitana das principais capitais do Brasil:

- Caucaia (CE), na região metropolitana de Fortaleza (CE).
- Canoas (RS), na região metropolitana de Porto Alegre (RS), que adotou de maneira emergencial após as chuvas que atingiram o Rio Grande do Sul em 2024.
- Itaboraí (RJ), na região metropolitana do Rio de Janeiro (RJ).
- Luziânia (GO), na região metropolitana de Brasília (DF).
- Ibirité (MG), na região metropolitana de Belo Horizonte (MG).
- São Caetano do Sul (SP), na região metropolitana de São Paulo (SP).

Tais experiências geram pressão e influenciam a política de mobilidade das metrópoles próximas. A situação de Fortaleza é particularmente interessante. A cidade encontra-se cercada. Além de Caucaia, o município mais populoso com Tarifa Zero até o momento, a capital faz divisa com Eusébio (CE), que adotou em 2011 e é uma das pioneiras do país; Aquiraz (CE), que adotou em 2018; e Maracanaú (CE), que tem uma política parcial tão ampla que é difícil entender por que a cidade ainda não universalizou a prática. São beneficiados pelo Programa Maracanaú Passe Livre estudantes, pessoas inscritas no Cadastro Único, autistas, agentes de saúde e o povo indígena Pitaguary, entre outros.

Quatro dos seis municípios que têm fronteira direta com Fortaleza adotam a política de alguma forma. Pressionado, o prefeito José Sarto (PDT) anunciou Passe Livre estudantil na capital em novembro de 2023. A questão virou disputa política regional e, atento ao cenário, o governador Elmano Freitas (PT), rival do prefeito, lançou em dezembro de 2023 o VaiVem, primeiro programa intermunicipal de Tarifa Zero parcial voltado para estudantes da região metropolitana, prometendo estender a gratuidade também para desempregados e pessoas em situação de vulnerabilidade social. Em meio à disputa eleitoral para as prefeituras e câmaras municipais de 2024, armou-se uma corrida para ver quem consegue avançar mais primeiro.

A Tarifa Zero parcial deve ser analisada com cuidado. Quando a política não é universal e as receitas das catracas custeiam total ou parcialmente o sistema, a medida penaliza os usuários não contemplados, que acabam tendo que pagar mais. Apesar de ampliar o acesso, assume, assim, um caráter regressivo, desincentivando o uso do transporte público e onerando quem depende do transporte público, ainda que, ao mesmo tempo, amplie o acesso a uma parte da população.

Também entre as mais populosas estão cidades de importância regional, como Itapetinga (SP), a maior do interior de São Paulo, Paranaguá (PR), Balneário Camboriú (SC), Formosa (GO), Ituiutaba (MG) e Assis (SP). Os estados de São Paulo e Minas Gerais são os que concentram mais casos em termos absolutos, 37 e 28 respectivamente, seguidos do Rio de Janeiro, o estado com mais casos em termos relativos. Dos 92 municípios cariocas, 14 têm Tarifa Zero universal. A lista completa de cidades com ônibus com Tarifa Zero universal encontra-se no anexo, ao final do livro.

É no Rio de Janeiro também que está a principal referência do país, que completa a lista de municípios com mais de 100 mil habitantes. Maricá (RJ), com 197 mil habitantes, não é a mais populosa, mas é a que tem a rede mais bem estruturada. A cidade começou a política em 2014, enfrentando as empresas operadoras locais em uma história que envolveu até disputas judiciais (Santini, 2019). Uma década depois, Maricá foi na contramão da derrocada que marcou o setor. De 2015 a 2024, o número de linhas subiu de 3 para 42 e a frota aumentou de 13 para 135 ônibus. O número total de passageiros transportados, que foi de 2,1 milhões em 2014,

Mapa das cidades com Tarifa Zero universal no Brasil

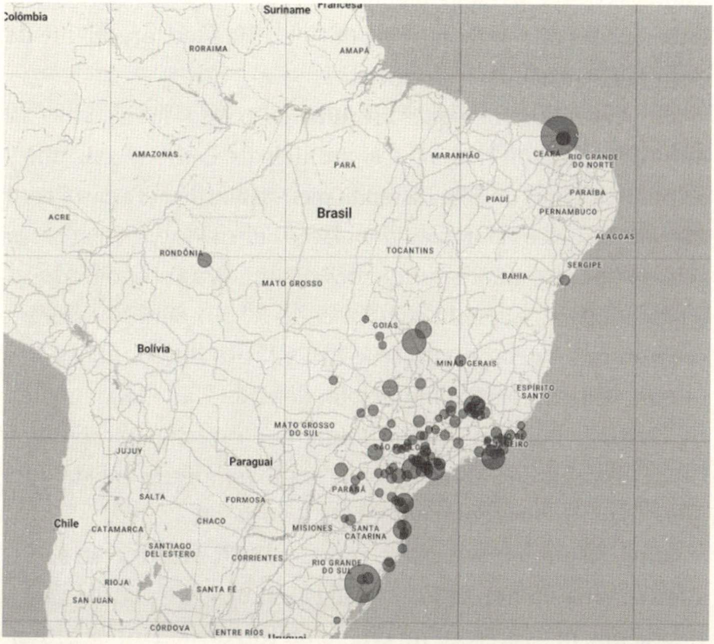

O tamanho dos círculos baseia-se na população de cada cidade. Elaboração própria a partir de mapeamento de caráter colaborativo organizado pelo autor (*Santini, 2024a; 2024b; 2024c*)

saltou para 38,3 milhões em 2023, desempenho comparável até mesmo ao de capitais. Campo Grande (MS), que tem 898 mil habitantes, e chegou a ter 78,5 milhões de passageiros em 2013, fechou 2023 com 38,3 milhões, o mesmo número que o da cidade fluminense, que é quatro vezes menos populosa.

É verdade que Maricá é um caso especial. A cidade fluminense é beneficiada por royalties de petróleo, o que gera uma condição bastante favorável. O orçamento em 2023 foi de R$ 7,3 bilhões em 2023, mais do que o de Campo Grande, que foi de R$ 5,4 bilhões. Para manter sua rede de vermelhinhos, como são chamados os ônibus do sistema, a administração investiu R$ 87,6 milhões em 2023, o equivalente a 1,2% do orçamento, conforme informações disponibilizadas por Celso Haddad, presidente da Empresa Pública de Transportes.

Ele reage, porém, a quem resume o sucesso da iniciativa ao montante disponível nos cofres municipais. Lembra que, "antes da política, cerca de 20% da renda mensal familiar era gasto com transporte, e esse valor que a população deixou de pagar em passagens de ônibus é automaticamente reinvestido na economia local" (Haddad, 2024) e aponta que, em 2022, R$ 161,8 milhões foram economizados pela população, e em 2023, R$ 208,5 milhões. Em outras palavras, para o município, defende Haddad, a medida traz retorno que compensa e equilibra o investimento público. Esse é um fator que deve ser considerado por outras cidades que pretendam implementar a política, argumenta.

Maricá, que conta também com uma rede de proteção social ampla e uma economia forte ligada à extração do petróleo, foi a cidade que mais cresceu no estado do Rio de Janeiro na última década. A população da cidade era de 127 mil habitantes em 2010, data do penúltimo censo do IBGE. A nova marca de 197 mil pessoas registrada em 2022 representa um crescimento de 54,8%. No estado do Rio de Janeiro, para comparação, a evolução no mesmo período foi de 15,9 milhões para 16 milhões, um aumento de 0,4%. O município deixou de ser uma cidade-dormitório do Rio de Janeiro para tornar-se um polo de atração regional. E a Tarifa Zero tem seu papel nesse arranque econômico e social.

O posicionamento de Haddad e os números chamam a atenção para os efeitos benéficos diretos e indiretos de políticas que ampliam a mobilidade urbana. A materialização da Tarifa Zero e suas externalidades positivas abrem espaço para questionar a necessidade de as redes de transporte público coletivo serem sempre superavitárias. As redes de transporte público coletivo acessíveis e de qualidade provocam impactos tão positivos para a sociedade como um todo que cabe considerar se não deveriam poder operar sem dar lucro — ou mesmo dando prejuízo. Essa é uma premissa fundamental para a defesa de subsídios e de políticas de incentivo direto ao uso de sistemas de mobilidade coletiva, das quais a Tarifa Zero talvez seja a que dê mais resultados.

Em outras palavras, é preciso considerar as externalidades positivas e negativas relacionadas às opções na mobilidade coletiva. Cidades que contam com redes de transporte público acessível, confiáveis, seguras e de qualidade são mais eficientes e ecológicas. É só comparar o espaço ocupado e a energia necessária para mover cem pessoas em trens e ônibus, com cem pessoas em automóveis que costumam pesar de uma a duas toneladas cada. O consumo rotineiro impensado, desnecessário e supérfluo de combustível, seja ele qual for, para o trânsito de massa, é um dos pilares para a degradação dos principais centros urbanos do planeta. Cidades formatadas para facilitar o fluxo de veículos motorizados individuais são piores para se viver. E isso precisa entrar na conta.

Mesmo parte do empresariado, sem horizonte para seguir, passou a admitir e defender a possibilidade de Tarifa Zero. Sintomático o posicionamento de Francisco Christovam, representante das empresas e presidente da NTU no anuário 2022-2023 da organização:

> Subsidiar o transporte público é a melhor forma de custear a operação do serviço, incluindo os investimentos em melhoria da qualidade, sem jogar toda a carga financeira sobre os ombros dos passageiros pagantes [...]. Um modelo alinhado com as melhores práticas dos países de referência em mobilidade urbana e recomendado pela própria Política Nacional de Mobilidade Urbana, aprovada em 2012, um ano antes das "jornadas de junho". E é esse novo modelo que está permitindo, inclusive, a realização de uma das bandeiras mais popula-

> res das manifestações de 2013, a tarifa zero — que nada mais é do que o subsídio, por parte do poder público, de 100% do custo do transporte urbano. (NTU, 2023)

O sindicato patronal passou a também mapear os casos e chegou a divulgar um estudo temático em abril de 2024 destacando como a abolição das cobranças representou um "aumento significativo no uso do transporte público" (NTU, 2024).

Apesar de ainda haver resistência, especialmente em relação à possibilidade de implementar a política nas metrópoles, onde as redes são mais complexas e exigem mais recursos, a Tarifa Zero cristalizou-se como realidade no país e deixou de ser vista como uma utopia. Empresários de alguns dos principais grupos e políticos conservadores, antes totalmente refratários à ideia, deixaram de discutir sua viabilidade e passaram a disputar diferentes modelos possíveis de implementação, onde cabe atenção ao caráter regressivo ou progressivo dos modelos em estudo. Tudo isso em meio a um vendaval em que recursos públicos podem sair voando se não houver transparência, controle social e parâmetros objetivos para condicionar os subsídios necessários.

O XADREZ POLÍTICO DA TARIFA ZERO

Malditas sejam
todas as cercas!
Malditas todas as
propriedades privadas
que nos privam
de viver e de amar!
Malditas sejam todas as leis,
amanhadas por umas poucas mãos
para ampararem cercas e bois
e fazer a Terra escrava
e escravos os humanos!

Pedro Casaldáliga, 1978

Malditas sejam todas as catracas!

deputado federal Jair Tatto (PT) parafraseando Casaldáliga, após declamar seu poema na Câmara Municipal do Rio de Janeiro (Rio TV Câmara, 2024)

O MDB é um partido que tradicionalmente navega por correntes e tendências com a habilidade de sempre se manter próximo ao poder. No pós-Ditadura, o partido conseguiu manter-se no governo por meio de alianças e negociações, compondo com quem quer que estivesse governando. O partido teve pastas nos governos de Lula, Dilma e Bolsonaro. Nas últimas eleições presidenciais em 2022, conseguiu, na acirrada disputa, ao mesmo tempo ser base de apoio de um novo mandato de Lula e liberar governadores para declarar apoio a Bolsonaro. Começou 2023 com ministros em três das principais pastas do Governo Federal: Planejamento, Cidades e Transportes. Nas eleições municipais, em 2020, o MDB foi o partido que mais elegeu prefeitos, um total de 784. Pela característica de farejar o poder e por seguir sempre na direção de onde o vento assopra, acompanhar os posicionamentos do partido pode ser útil para identificar tendências na política nacional.

Ainda em 2022, Baleia Rossi, presidente da sigla, declarou a intenção de fazer a Tarifa Zero nos ônibus municipais "uma marca, uma bandeira do MDB" a partir do exemplo de São Paulo e do diálogo com o prefeito Ricardo Nunes, que na época ensaiava adotar Tarifa Zero universal na principal metrópole do país. "Ele me falou que nas cidades que têm passe livre há aumento no número de usuários. Então, além do investimento em termos de subsidiar o passe livre, tem previsão de aumento de frota. Há outras repercussões que aconteceram nas cidades e que não serão diferentes na capital".

Em articulação com a equipe de transição de Lula, Rossi apontou a tendência de a pauta ser apoiada inclusive em nível federal. "O tema sendo abraçado pelo governo de transição mostra que tem possibilidade real de o tema avançar a partir da experiência de São Paulo. As condições hoje da prefeitura [de São Paulo] permitem que se avance. Além da força política, você tem uma condição favorável a uma medida como essa. Historicamente, é uma pauta que foi tentada, não avançou, mas une a todos, esquerda, direita e centro, acima das disputas ideológicas". As declarações foram dadas ao repórter Fábio Zanini, da *Folha de S. Paulo* (Zanini, 2022).

No PT, a Tarifa Zero foi aprovada como uma das bandeiras prioritárias em reunião realizada em 8 de julho de 2023. O deputado federal Jilmar Tatto (PT-SP), secretário nacional de Comunicação do partido, anunciou na ocasião que "o PT acordou e colocou a Tarifa Zero como uma bandeira importantíssima para defendermos nas eleições municipais e no Brasil. Como foi no passado a defesa do SUS e educação integral". Destacou ainda que "80% das pessoas moram nas cidades. Os candidatos que não falarem de saneamento, habitação e mobilidade estarão fadados ao fracasso. Se a gente não se apropriar e defender a Tarifa Zero e o investimento em ônibus elétricos, metrô e trem, a direita poderá se apropriar. Tanto é que temos diversos prefeitos de direita que já discutem e querem implantar a medida em suas cidades", afirma o petista (Tatto, 2023).

Hoje, das 116 experiências de Tarifa Zero identificadas, a maioria é governada por partidos de centro-direita, direita e mesmo extrema direita. Apenas uma pequena porcentagem dos prefeitos e prefeitas que implementaram a política pode ser considerada de esquerda ou centro-esquerda.

Partidos dos prefeitos que implementaram a Tarifa Zero universal dos 116 municípios em que a política segue vigente no Brasil

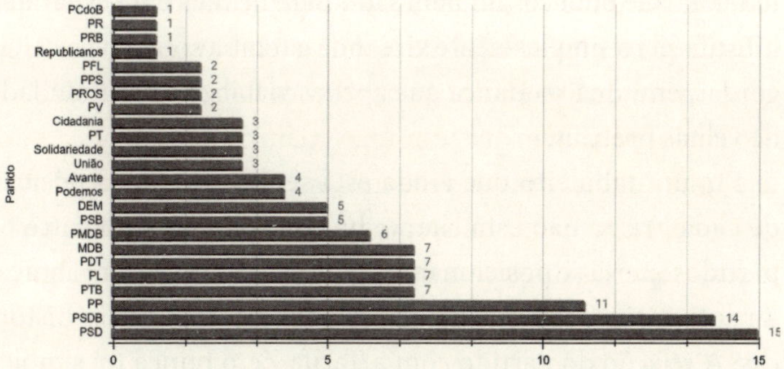

Elaborado a partir de levantamento para o capítulo "Os sentidos da gratuidade universal no Brasil", escrito em coautoria com Marcos Campos para um livro (ainda sem título e ainda a ser publicado) organizado por Adrian Lavalle (USP), Monika Dowbor (UFPel) e José Szwako (UERJ) sobre institucionalização simbólica nas interações socioestatais (Campos; Santini, no prelo).

Na disputa armada, os modelos de financiamento e remuneração são chave para definir o caráter da medida e melhor compreender o que está em jogo. A Tarifa Zero assume um caráter mais progressista quando financiada com base na taxação progressiva de empresas, de usuários de automóveis ou de imóveis, mas pode se tornar regressiva se for estruturada de modo a consumir e competir com recursos de outras áreas, como educação e saúde. A fórmula de destinação de recursos também é importante. Se baseada em custos reais estimados com base na oferta, pode representar oportunidade para expandir o sistema com critérios claros, objetivos e transparentes. Se for adotada com base na remuneração por passageiro (demanda), corre o risco de se tornar um ótimo negócio para as empresas sem, necessariamente, melhorias no serviço para a população. Critérios para os repasses, com possibilidade de acompanhamento e controle público, também são fundamentais para evitar que a Tarifa Zero simplesmente vire uma garantia sólida de receitas gordas, em uma mudança que apenas viabiliza a continuidade de velhas práticas.

Em um tabuleiro que ainda está sendo armado, a posição de cada grupo não está clara e há confusão mesmo entre os partidos que já se posicionaram. A hesitação do PT em abraçar a pauta a que Tatto se refere, por exemplo, tem raízes históricas. A relação do partido com a Tarifa Zero nunca foi simples. Quando tentou implementar a política em São Paulo em 1990, a ex-prefeita Luiza Erundina foi derrotada. Apesar do apoio incontestável do então líder do PT na Câmara dos Vereadores, o arquiteto Chico Whitaker, a proposta enfrentou resistência mesmo dentro do partido e acabou não avançando (Gregori *et al.*, 2020). Quando o MPL mobilizou multidões para defender a pauta em Junho de 2013, a própria presidenta Dilma Rousseff (PT) afirmou que a ideia era inviável (Rosa, 2013). Até hoje há no partido quem culpe o movimento pela crise aberta e o avanço da direita nos anos seguintes.

Em 2016, em um momento de irritação, o então prefeito de São Paulo e hoje ministro da Economia Fernando Haddad (PT) defendeu que seria melhor "eleger um mágico" para instituir o Passe Livre e falou que muita coisa poderia vir à frente do transporte gratuito, incluindo "ida para a Disney grátis" (Dantas, 2016).

Ainda que parte do PT seja crítica à ideia, a principal referência de sucesso hoje é o programa de Maricá (RJ), criado e mantido por gestões petistas, fruto da determinação do deputado federal Washington Quaquá (PT-RJ), um dos cinco vice-presidentes do PT. Foi durante sua administração como prefeito de Maricá em 2014 que as cobranças foram suspensas na cidade. Ele é candidato e tenta voltar ao cargo.

Ao lado de Tatto, Quaquá é um dos que tem procurado fazer a questão avançar em nível federal. Foi dele o requerimento para a criação da Frente Parlamentar em Defesa da Tarifa Zero: Transporte Público, Gratuito e de Qualidade em 27 de junho de 2023 (Brasil, 2023c). Não são os únicos entusiastas da proposta no PT. As deputadas federais Camila Jara (PT-MS) e Natália Bonavides (PT-RN), candidatas a prefeita em Campo Grande (MS) e Natal (RN) respectivamente, adotaram a abolição das catracas como principal bandeira em suas cidades e têm feito campanha em favor da proposta, só para citar dois exemplos entre muitos. A vereadora Luiza Ribeiro (PT-MS) chegou a organizar audiência pública na Câmara Municipal de Campo Grande para discutir a Tarifa Zero.

Nas disputas que se desenham, uma importante jogada para a política ganhar destaque foi a campanha *Passe Livre pela Democracia*, mobilização decisiva para que mais de 400 cidades adotassem o Passe Livre universal no segundo turno das eleições em 2022, beneficiando mais de 100 milhões de pessoas (NOSSAS *et al.*, 2024). A articulação resultou em uma petição apresentada no Congresso Nacional e se desdobrou no Projeto de Lei n. 2.928 (Brasil, 2022a) e no Projeto de Lei n. 2.776 (Brasil, 2022b), além de impulsionar leis estaduais e municipais relacionadas.

Em 10 de julho de 2024, a Assembleia Legislativa de Minas Gerais aprovou por unanimidade a Proposta de Emenda Constitucional n. 2/2023 (Minas Gerais, 2023), apresentada pela deputada estadual Bella Gonçalves (PSOL-MG), instituindo transporte gratuito nos dias de eleições no transporte metropolitano e intermunicipal. Foi a primeira legislação estadual do tipo aprovada.

O tema ganhou relevância também na corrida eleitoral de São Paulo, com o deputado federal e candidato Guilherme Boulos (PSOL-SP) rivalizando com o atual prefeito e candidato à reeleição Ricardo Nunes (MDB) em torno do tema. A campanha de Boulos tem insistido nas críticas sobre a maneira desastrada com que Nunes adotou a política em São Paulo, destacando o aumento crescente de custos e a queda de desempenho do sistema. O aumento do uso aos domingos e feriados, únicos dias livres na cidade, meramente equilibrou a redução de demanda que marcou a última década.

Em maio de 2023, alguns meses antes da adoção do Domingão Tarifa Zero, nome da medida parcial adotada por Nunes em dezembro de 2023, o vereador Miton Leite (União Brasil-SP), declarou-se a favor da política universal em entrevista à repórter Hyndara Freitas e publicadas na revista *Veja*:

> Defendo a ideia fortemente. Estamos acompanhando os estudos, acho altamente viável. Sempre tem um burocrata criando uma dificuldade ou outra, mas acho que a mudança virá. Ou vem a tarifa zero, ou, no futuro embate político, o [Guilherme] Boulos vai dizer que vai fazer isso e ganhar a eleição. (Freitas, 2023)

O governador Tarcísio de Freitas (Republicanos-SP), determinado a privatizar toda a rede de transportes sobre trilhos sob sua gestão em São Paulo, é parte do restrito grupo de ultraconservadores ainda radicalmente contrários a qualquer Tarifa Zero. Nem mesmo tal resistência, porém, foi considerada um impeditivo por Leite na época.

> É uma decisão política. Não posso responder pelo Ricardo Nunes, mas eu colocaria a tarifa zero [nos ônibus] independentemente do metrô. Sou a favor da tarifa zero de qualquer forma. Talvez com alguma tarifa verde, ou pegar o vale-transporte como suplemento. Mas aplicaria já em novembro. Tenho defendido isso junto ao prefeito. Obviamente depende de dados técnicos, mas aquilo que nós dispomos já é o suficiente para dizer: dá para fazer. Eu faria, no lugar dele. (Freitas, 2023)

A posição de Leite é relevante por ele ser uma das principais bases de sustentação do governo Nunes e um dos políticos mais influentes da cidade. Eleito pela primeira vez em 1997, o vereador está no seu sétimo mandato seguido e é o atual presidente da Câmara dos Vereadores, cargo que já ocupou seis vezes, quatro delas consecutivas, incluindo o atual mandato. Tornou-se conhecido por suas ligações com as empresas de transporte da cidade. Em maio de 2024, viu seu nome envolvido nas investigações da Transwolff, uma das empresas que operam o transporte público da cidade (Pagnan, 2024). Junto com a UPBus, outra concessionária, a Transwolff teria se beneficiado de dinheiro do Primeiro Comando da Capital (PCC) para participar da licitação do sistema em 2015, segundo denúncia elaborada pelo Grupo de Atuação Especial de Repressão ao Crime Organizado de São Paulo, do Ministério Público de São Paulo. As suspeitas e o envolvimento do crime organizado no setor embaralham ainda mais o jogo na cidade após Nunes instituir Tarifa Zero, ainda que apenas parcial. O recuo pode ser relacionado à dificuldade de equilibrar as contas, já que os contratos vigentes preveem que a quantidade de passageiros influencia na remuneração das empresas. Nunes não teve como avançar, pois o custo aumentaria consideravelmente frente ao inevitável aumento de demanda decorrente da suspensão das cobranças.

No xadrez eleitoral armado, o sucesso da Tarifa Zero é fator relevante no cálculo dos políticos. A proposta, que tem impacto imediato na vida das pessoas, costuma ter grande aprovação popular. Depois de implementada, raramente a medida é revertida. Além das 116 cidades com a política vigente, há somente mais 5 casos em que a política começou e foi interrompida, o que representa um índice de manutenção de 95,8%.

Dentre as que reverteram, há dois casos relevantes, o de Palmas (TO), primeira capital a adotar Tarifa Zero universal no país, e o de Paulínia (SP), uma das pioneiras. Palmas, com 302 mil habitantes (IBGE, 2023), é um exemplo de como *não* implementar a política. A cidade suspendeu as cobranças em 2 de fevereiro de 2023 ao assumir a operação de maneira repentina. A gestão municipal tinha uma relação de dependência tamanha com as empresas que operavam o sistema que não tinha nem controle sobre a bilheteria. Sem conseguir estabelecer as cobranças, liberou a catraca, ao mesmo tempo em que tentava manter a operação, com dificuldades em cumprir com a oferta anterior em função da migração. O caos foi tamanho que a Tarifa Zero foi suspensa em 6 de março de 2023, praticamente um mês depois, e acabou restrita aos feriados e fins de semana. Para mais detalhes sobre os equívocos e a falta de planejamento para as mudanças, vale ouvir o especialista em Direito Urbanístico e professor da Universidade Federal do Tocantins João Bazzoli (Toledo, 2022).

Paulínia, por sua vez, adotou a Tarifa Zero em 1995 e abandonou a política em 1997, a partir de uma visão antiga e já superada de que a falta de cobranças leva à desvalorização do sistema. A preocupação em relação ao vandalismo e à insegurança fundamentou a decisão. No final do século passado, alguns dos primeiros estudos sobre impactos da suspensão das cobranças feitos nos Estados Unidos sugeriram a relação entre depredação e deterioração do sistema em função da circulação de "usuários indesejados". Tais estudos, com um viés preconceituoso, foram há muito superados. Nenhum dos gestores ou empresários das cidades com Tarifa Zero ouvidos pelo autor relatou problemas ou preocupação com vandalismo.

Com receita superavitária e economia forte em função da presença de indústrias petroquímicas, a cidade de 110 mil habitantes tem um orçamento confortável — para 2024, foram aprovados R$ 2,5 bilhões. Paulínia teria condições para avançar mais com políticas sociais amplas, em um contexto que pode não ser tão favorável, mas que é comparável ao de Maricá (RJ). Ao abandonar a Tarifa Zero há mais de duas décadas, porém, perdeu a oportunidade histórica de, hoje, ter um sistema de transporte público coletivo tão bom quanto o da cidade fluminense.

No xadrez político, além dos interessados em votos, há outros atores a se considerar nas disputas em curso sobre como, com que financiamento e com qual alcance implementar Tarifa Zero. Cristalizada, ela será uma política regressiva ou progressiva? Os movimentos sociais, que tiveram papel decisivo para tornar a pauta nacional na última década, seguem tendo um peso a considerar. Além do MPL, que segue atuante, diferentes alianças locais, regionais e até nacionais se consolidaram nos últimos anos e têm influenciado no debate.

Um exemplo é a Coalizão Triplo Zero, formada em torno de três pautas principais, em 2023, por organizações da sociedade civil, ativistas, pesquisadores e pesquisadoras do tema. Além da Tarifa Zero, o grupo cobra zero emissões de poluentes e zero mortes no trânsito, apresentando uma sólida pauta de caráter social, ambiental e humano (Coalizão Triplo Zero, 2024). A articulação se formou e cresceu a partir de três edições do encontro *Transporte como direito e caminhos para a Tarifa Zero*, organizado pela Fundação Rosa Luxemburgo e organizações parceiras. A primeira aconteceu em 2019, na Universidade Federal Fluminense, em Niterói (RJ), com uma visita de campo a Maricá. A segunda, em 2022, na Universidade Federal de Minas Gerais, em Belo Horizonte (MG), com uma visita a Caeté (MG). A terceira, em 2023, na Universidade Nacional de Brasília, com uma visita a Formosa (GO).

Desde o primeiro encontro, as propostas construídas coletivamente pelo grupo fundamentam-se em uma perspectiva antirracista e feminista, de combate à desigualdade social e em favor de uma transição social e ambiental justa. Os debates problematizam a pouca diversidade nos espaços de poder e gestão do transporte público, marcados pela monótona presença de homens brancos engravatados, que limita a percepção e a construção de soluções para questões centrais no funcionamento das redes. Diversidade fortalece a capacidade de enxergar problemas. Um homem talvez não perceba que manter pontos de parada em áreas mal-iluminadas e desertas simplesmente inviabiliza a viagem de mulheres. Uma pessoa branca pode não se dar conta do profundo impacto do racismo estrutural e sua relação com a segregação espacial nas cidades. Sobre o assunto, vale ter em conta a perspectiva de construir uma Mobilidade Antirracista, tema de coletânea homônima (Santini; Santarém; Albergaria, 2021).

O grupo pleiteia maior participação social e transparência nos custos da operação e defende que, em uma perspectiva ecológica, não basta alterar a fonte de combustível e manter tudo como está, mesmo que ela seja considerada mais limpa. Ou seja, simplesmente eletrificar toda a frota de automóveis, motos e ônibus circulando não resolve a questão. É preciso incentivar e promover a transição para o transporte coletivo, com priorização aos sistemas sob trilhos, e para a mobilidade ativa, e, ao mesmo tempo, desincentivar o uso de veículos motorizados privados. As diferentes pautas se encontram e se combinam em uma perspectiva sólida e promissora que pode contribuir para repensar a mobilidade urbana.

Há também articulações locais e regionais, em que políticos e ativistas têm somado esforços em favor de mudanças. O Movimento Catarinense pela Tarifa Zero foi lançado em 13 de abril de 2023, na Câmara Municipal de Garopaba (SC), cidade de 30 mil habitantes que conta com a Tarifa Zero desde 2023 (Garopaba, 2023). A sessão foi promovida pelo vereador Jean Ricardo Antunes (PSB-SC), candidato a prefeito, e o movimento tem caráter pluripartidário. Fazem parte do grupo o vereador Afrânio Boppré (PSOL-SC), que luta pela política universal na capital, Florianópolis (SC), e o vereador Eduardo Zannata (PT-SC), defensor da política em Balneário Camboriú (SC), cidade com 139 mil habitantes que também adotou em 2023, além do deputado estadual Marquito (PSOL-SC), candidato à prefeitura de Florianópolis.

Santa Catarina é um dos estados em que o MPL nasceu, e o MPL Floripa foi retomado em 26 de agosto de 2023, com relevante incidência política. O ativista Victor "Khaled" Calejon, um dos articuladores históricos envolvidos na nova fase, é também um dos que mais conhece sobre a origem e evolução do movimento. No livro que escreveu a respeito, ele conta que, inicialmente, o grupo se articulou com base na defesa do passe livre estudantil, mas logo passou a lutar pela universalização. Tudo de modo a, nas palavras do autor: "expandir seu horizonte político, conectando sua luta, inicialmente restrita ao 'direito à educação', à luta pelo 'direito à cidade'" (Calejon, 2021).

No Paraná, a Frente pela Tarifa Zero Curitiba tem tido papel importante e realizado protestos e atos, influenciando nos rumos do debate. O deputado estadual Goura (PDT-PR) e o deputado federal Zeca Dirceu (PT-PR), líder da bancada do partido na Câmara dos Deputados, se candidataram à prefeitura apresentando a Tarifa Zero como proposta. O estado tem um histórico respeitável de resistências com um movimento popular forte em defesa do transporte público coletivo (Neves, 2006), e hoje conta com a Frente pela Tarifa Zero Curitiba, que tem realizado mobilizações importantes. Também no estado cabe destacar a atuação do deputado estadual Luiz Claudio Romanelli (PSD-PR), que já defendia a universalidade mesmo antes de a política se espalhar. Em 2024, ele se posicionou a favor da criação de fundos municipais específicos para custear os sistemas.

Ainda no Sul, vozes de quem em Junho de 2013 estava nas ruas passaram a ser ouvidas mesmo em espaços institucionais. O deputado estadual Matheus Gomes (PSOL-RS) é um dos ativistas que se elegeu e hoje tem defendido a Tarifa Zero na região metropolitana de Porto Alegre (RS). Não faltam projetos de lei apresentados por vereadores em todo o país. Em Porto Alegre, o vereador Roberto Robaina (PSOL-RS) apresentou um com diretrizes para a implementação, e a vereadora Karen Santos (PSOL-RS) criou a Frente Parlamentar em Defesa da Tarifa Zero na Câmara Municipal.

Há também mobilização por parte dos trabalhadores. Destaque para o papel do Sindicato dos Metroviários do Rio Grande do Sul, que, como parte das medidas de reconstrução após as chuvas que atingiram o estado, defendeu a suspensão das cobranças em um texto bem direto:

> Agora, quem precisa ir trabalhar, está dependendo de longas filas e ônibus lotados da Metroplan. O serviço é precário, superlotado, caro e muito mais demorado. A passagem é R$ 6,85. São quase 14 reais para ir e voltar diariamente, um absurdo diante do impacto para quem perdeu casa, móveis, carros e empregos e não tem alternativa. Defendemos a

> TARIFA ZERO, como uma contrapartida para a reconstrução neste momento em que milhares de gaúchos precisam recomeçar. Precisamos construir um projeto político para destinar investimentos na expansão de um sistema de transporte coletivo, público e com responsabilidade ambiental. Transporte é direito, não mercadoria! Contra as privatizações e as terceirizações! (SINDIMETRÔ-RS, 2024)

A pressão do sindicato foi importante para frear o desmonte da estrutura estatal de transportes de Porto Alegre. Em 2023, o prefeito Sebastião Melo (MDB-RS) já havia privatizado a Companhia Carris Porto-Alegrense, empresa de transporte coletivo mais antiga do Brasil, cuja operação começou em 19 de junho de 1872, quando o imperador Dom Pedro II concedeu à companhia autorização para operar bondes movidos por mulas. Sobre o desmonte e venda da Carris, é imperdível o artigo de André Augustin no boletim especial *Porto Alegre 250 anos: desenvolvimento e os rumos da metrópole*, do Observatório das Metrópoles (Augustin, 2022). Na mesma sequência, o passo seguinte seria a privatização da Empresa de Trens Urbanos de Porto Alegre S.A, sob administração do Governo Federal. A mobilização dos trabalhadores contribuiu para que a empresa fosse retirada do Programa Nacional de Desestatização em março de 2024, junto com a Companhia Brasileira de Trens Urbanos do Recife.

Em São Paulo, sindicatos também abraçaram a bandeira da Tarifa Zero. O Sindicato dos Metroviários e Metroviárias de São Paulo e o Sindicato dos Motoristas e Trabalhadores em Transporte Rodoviário Urbano de São Paulo passaram a adotar como estratégia propor abrir as catracas em vez de cruzar os braços nas greves. A proposta, porém, foi rechaçada tanto pelo governador Tarcísio de Freitas (Republicanos-SP) quanto pelo prefeito Ricardo Nunes (MDB-SP), que recorreram à Justiça para impedir o Passe Livre sindical. Para o sindicato dos trabalhadores do ônibus, a proposta de Passe Livre é delicada, por abrir caminho para a demissão dos cobradores, o que ameaça mais de 18 mil empregos. Com ou sem Tarifa Zero universal, porém, a prefeitura planeja acabar com a função, algo previsto inclusive no último contrato aditivo, e o sindicato conduz o assunto com cuidado.

O sindicato é contra qualquer demissão. Há a defesa de que, caso a proposta avance, os funcionários sejam remanejados para postos alternativos, inclusive com a criação da figura de auxiliar de bordo, uma pessoa que ajudaria orientando passageiros, organizando o fluxo interno dos veículos e no embarque e desembarque de cadeirantes e outros passageiros com necessidades especiais. É algo bastante razoável, por exemplo, nas linhas com ônibus biarticulados, cujos modelos podem transportar até 160 pessoas. Há também outros postos de fiscalização, administração e organização em que os profissionais poderiam ser reacomodados, e, certamente, em um contexto de recuperação do sistema com aumento de demanda e oferta, novas vagas seriam abertas.

Ainda em São Paulo, meses antes de a gratuidade parcial restrita aos domingos e feriados ser anunciada, pesquisadores, movimentos sociais e ativistas encontraram espaço para compartilhar preocupações em relação a como a política seria implementada durante audiência pública realizada na Câmara dos Vereadores em 27 de fevereiro de 2023. Convocado pelo vereador Toninho Vespoli (PSOL-SP), o encontro visava "Discutir as Possibilidades, Modelos de Financiamento e Desdobramentos do Passe Livre no Sistema de Transporte no Município de São Paulo" e contou com a participação do MPL-SP, além de políticos de variadas correntes políticas, inclusive parlamentares de extrema-direita que compõem a base do governo Nunes. A urbanista Raquel Rolnik, em sua fala de conclusão no encontro, resumiu o debate apontando que havia um consenso sobre avançar com o Passe

Livre e que o que estava em disputa era como a política seria implementada (São Paulo, 2023).

Em Minas Gerais, o movimento Tarifa Zero BH teve papel decisivo na multiplicação de experiências no estado, divulgando e defendendo a pauta com uma proposta interessante, que combina conhecimento técnico com manifestações culturais e celebrações. O grupo, que adota as cores rosa e amarelo, promoveu uma auditoria popular do sistema de transportes de Belo Horizonte, demonstrando com uma fundamentação sólida que a passagem poderia ser mais barata na cidade, e, sem perder o ritmo, organizou o álbum *Pula Catraca*, com marchinhas de Carnaval sobre a temática. Também organizaram coletivamente a tradução do livro *A Estrutura de Poder no Trânsito*, do coletivo sueco Planka.nu (2020). Contam com o apoio da deputada estadual Bella Gonçalves (PSOL-SP), que também se apresentou à corrida pela prefeitura. Foi dela a iniciativa que instituiu transporte gratuito no transporte metropolitano e intermunicipal em dias de eleições em Minas Gerais.

No Rio de Janeiro (RJ), organizações como a Casa Fluminense, o ITDP e o Observatório das Metrópoles têm reunido subsídios técnicos fundamentais para explicitar desigualdades sociais, destacando a dimensão racial do problema, e contribuído de modo relevante para o aprofundamento do debate. Na cidade, o vereador Edson Santos (PT-RJ) apresentou projeto de lei pela Tarifa Zero. A pauta é defendida também por Rafaela Albergaria (PcdoB-RJ), candidata a vereadora e fundadora do Observatório dos Trens.

No Distrito Federal, o MPL Distrito Federal e Entorno, um dos mais ativos do país, pressiona pela suspensão das cobranças e conta com apoio dos vereadores distritais Fábio Félix (PSOL-DF) e Max Maciel (PSOL-DF), este último presidente da Comissão de Transporte e Mobilidade Urbana da Câmara Legislativa do Distrito Federal. Em 13 de junho de 2023, a casa realizou a audiência pública *As possibilidades de implantação da tarifa zero*, com importantes avanços para a discussão prática para avanços (TV Câmara Distrital, 2023). De Brasília, há referências importantes para pensar na relação entre ativismo e política, como o livro *Não Leve Flores*, de Leila Saraiva (2018), e o artigo "Autonomista na prática? Reflexões sobre as práticas de movimentos sociais e sua interação com partidos políticos", de Ana Vaz (2023), ambas integrantes do MPL-DFE.

Na Bahia, o Observatório da Mobilidade de Salvador (2024) lançou a campanha *Devolva meu buzu*, denunciando que mais de 350 linhas foram cortadas e que a frota perdeu 689 ônibus. A organização também apresentou, como parte da campanha *Busão 0800*, um projeto de lei aos vereadores Augusto Vasconcelos (PcdoB-BA) e Edvaldo Brito (Avante-BA), este último presidente da Comissão de Legislação Participativa da Câmara Municipal de Salvador (BA). No Recife (PE), a Bigu Comunicativismo e o Centro Popular de Direitos Humanos realizaram o projeto *CoMove: defendendo o direito de se mover na cidade*, com apoio do Greenpeace. Por meio da Articulação Recife pelo Transporte, a iniciativa envolveu a campanha *Você Pode Pagar Menos*, pela redução da tarifa na Região Metropolitana do Recife.

As alianças e interação entre sociedade civil e parlamentares são muitas e acontecem em todo o país. Tem muita gente defendendo, propondo e tentando fazer a pauta avançar, em um complexo jogo em que a maneira como a política é implementada pode ser decisiva. Há risco de a pauta, apropriada, tornar-se caminho para destinação de subsídios crescentes para empresas sem critérios objetivos, transparência ou monitoramento, mas há pressão e uma série de organizações e articulações empenhadas em influenciar os rumos daqui para frente.

Não dá para listar todas as iniciativas, mas os exemplos mencionados ilustram bem como movimentos sociais e organizações da sociedade civil têm influenciado a direção de políticas públicas fundamentadas na ideia de mobilidade como direito. Mesmo que não prosperem, têm importância por posicionar o transporte como direito e colocar em xeque o modelo que reduz a mobilidade a um mero negócio.

PROTAGONISMO INTERNACIONAL

> A reforma fiscal seria uma forma de pagar a mitigação da crise climática e, ao mesmo tempo, ter em conta questões de justiça social. [...] Este dinheiro deverá então ser destinado a medidas de justiça climática e à transformação de setores relevantes, como os transportes públicos locais. Os transportes públicos devem ser gratuitos e as suas infraestruturas devem ser amplamente expandidas, uma vez que mais e melhores transportes públicos levam a menos transportes privados e a mais mobilidade para todos.
>
> *Carola Rackete (Die Linke), deputada eleita no Parlamento Europeu (Carola, 2024)*

No plano internacional, o que acontece no Brasil também é relevante. O país assumiu em 2023 a primeira posição no ranking mundial de países com Tarifa Zero universal em estudos comparativos internacionais. Nenhum outro no mundo tem tantas experiências identificadas. Há diferentes esforços para mapear a evolução e manutenção de políticas relacionadas, com um grupo bem articulado de pesquisadoras e pesquisadores no Brasil e no exterior trabalhando com o tema.

O levantamento atual mais completo é o conduzido pelo geógrafo polonês Wojciech Kębłowski, pesquisador vinculado ao Centro de Pesquisa Urbana Cosmópolis da Vrije Universidade de Bruxelas e ao Instituto de Gestão Ambiental e Ordenamento do Território da Universidade Livre de Bruxelas. Ele apresentou o cenário atual no Seminário Internacional sobre Tarifa Zero realizado em 2 de maio de 2024 na Universidade Federal do ABC, em São Bernardo do Campo, em uma parceria entre Fundação Rosa Luxemburgo, Instituto de Defesa de Consumidores (IDEC), Laboratório de Planejamento Territorial (LaPlan) da UFABC e Rede Mobilidade Periferias (Kębłowski, 2024).

No primeiro semestre de 2024, o pesquisador havia identificado 420 casos de Tarifa Zero universal, dos quais em 76 as políticas foram descontinuadas e em 344, mantidas. Depois do Brasil, lideram o ranking Estados Unidos (69 casos), Polônia (64 casos) e França (43 casos). O caso dos Estados Unidos é particularmente interessante para uma análise sobre políticas temporárias. O país chegou a ter 108 localidades com Tarifa Zero universal durante a pandemia da Covid-19, mas, diferentemente do Brasil, as cobranças voltaram após o fim da pandemia. Junto desses países, que concentram o maior número de experiências identificadas, não dá para desconsiderar a importância histórica de Talim, na Estônia, primeira capital a adotar a Tarifa Zero universal, ainda em 2013, e também a de Luxemburgo e Malta, países pequenos, mas representativos por terem abolido as cobranças em todo o território nacional.

Se o Brasil lidera na quantidade de municípios, é na África que se encontra a maior experiência de Tarifa Zero universal em curso em termos de população. A cidade de Libreville, capital do Gabão, com população estimada em 886 mil habitantes, adotou a política em abril de 2020, no auge da pandemia da Covid-19. Operados por três empresas, TransUrb, Sogatra e TransAkanda, o total anual de passageiros transportados pelos ônibus da capital passou de 5 milhões em 2020 para 12,2 milhões em 2023. É um número pequeno comparado às capitais brasileiras, porém relevante para o contexto local. Os ônibus gratuitos atendem principalmente a população mais pobre em longas distâncias. Nos percursos médios, enfrentam a concorrência de minibuses e vans, ainda pagos, e dos *clandos*, sistema de transporte alternativo marcado pela informalidade, com preços baixos e uso frequente.

A política foi implementada pelo presidente Ali Bongo Ondimba e mantida mesmo após ter sofrido um golpe de Estado em agosto de 2023, acusado de ter fraudado as eleições para sua reeleição (a terceira seguida). O Comitê para a Transição e a

Restauração das Instituições não só determinou a continuidade da Tarifa Zero após a deposição, como anunciou a destinação de 3,5 bilhões de francos CFA central, o equivalente a R$ 32,7 milhões. As informações são parte de pesquisa realizada pelo autor para a escrita do capítulo de um livro junto com Mateus Humberto, professor da Escola Politécnica da Universidade de São Paulo, as pesquisadoras Nicole Ngo e Sigride Asseko e o pesquisador Bigoumou Guy Obain (Humberto *et al.*, 2024).

Seja porque a maioria dos pesquisadores que trabalham o tema estão baseados na Europa, nos Estados Unidos ou no Brasil, seja porque notícias sobre a África não costumam ter o mesmo destaque que as de outros continentes, trata-se de uma experiência pouco conhecida até entre quem estuda o tema. Na China também há experiências de Tarifa Zero parcial pouco conhecidas em função, principalmente, da barreira linguística. São voltadas para ampliar o acesso e uso da rede em horários de baixa demanda (como o adotado por Chengdu com circulação livre entre 5h e 7h da manhã) e devem ser examinadas com cuidado. Se, por um lado, ampliam a circulação de pessoas, por outro forçam que parte da população acorde muito cedo para poder chegar ao trabalho.

Ao lado de Libreville, outra referência importante em termos populacionais é Kansas City, cidade de 509 mil habitantes nos Estados Unidos. A cidade zerou as tarifas em 2020 em meio às ações para minimizar os impactos econômicos e sociais da pandemia, aproveitando subsídios federais. De 870 mil passageiros transportados em janeiro de 2019, último mês antes de a emergência sanitária ser declarada no país, passou a transportar mais de um milhão de pessoas por mês em 2024. Com o fim da emergência e do suporte financeiro, ensaiou suspender a medida no final de 2023, como fizeram outras cidades estadunidenses, mas ela acabou prorrogada até abril de 2025, quando termina o contrato vigente.

A política é apoiada por grupos como o Sunrise Movement KC e tem sido defendida por seus variados impactos positivos, incluindo na saúde. Pesquisadores da Universidade de Missouri-Kansas City e do Hospital Children's Mercy apontam, com base em pesquisas preliminares, que a suspensão das cobranças pode melhorar a saúde, o acesso a alimentos saudáveis e a serviços de saúde. Um dos levantamentos, envolvendo 57 passageiros, aferiu que eles são mais ativos que a média da população, completando uma média de 6.350 passos por dia, acima da média dos Estados Unidos, que fica entre 3.000 e 5.000 passos, e realizaram 28 minutos de atividades físicas de moderadas a intensas, algo também acima da média nacional. As informações são de reportagem publicada em jornal local (King, 2023).

No Brasil, também há gente estudando os impactos da Tarifa Zero na saúde. Em 2024, o Laboratório de Vida Ativa (LAVA) da Universidade Estadual do Rio de Janeiro (UERJ), criou um grupo para tentar analisar e melhor entender os benefícios na área, procurando mapear impactos diretos e indiretos do uso do transporte coletivo na vida das pessoas, incluindo o acesso à alimentação saudável e ao Sistema Único de Saúde, e melhorias em níveis de atividade física, em esforço coordenado por Ricardo Brandão de Oliveira e Heloant Abreu.

Em 5 de abril de 2024, pesquisadores e pesquisadoras participantes reuniram-se no Instituto Multidisciplinar de Formação Humana com Tecnologias da UERJ para elaboração de um diagrama de laços causais sobre Tarifa Zero e saúde em uma oficina com facilitação de Leandro Garcia, professor de Ciências da Complexidade em Saúde Pública no Centro de Saúde Pública da Queen's University de Belfast, na Irlanda do Norte. Brasileiro radicado no Reino Unido, ele é um especialista no desenvolvimento e aplicação de metodologias relacionadas à compreensão de sistemas complexos para melhor entender desafios e subsidiar políticas públicas, além de membro do Centro de Colaboração com a Organização Mundial de Saúde para pesquisa e formação sobre sistemas complexos para prevenção e controle de doenças não transmissíveis.

Possíveis impactos positivos da Tarifa Zero interessam ao Ministério da Saúde, um dos que mais sofre com o custo econômico, social e humano de uma sociedade desenhada para veículos motorizados individuais. As ocorrências de trânsito constantes com mortos e feridos, as doenças respiratórias relacionadas à poluição e a elevada prevalência de doenças crônicas não transmissíveis sobrecarregam o Sistema Único de Saúde em todo o Brasil. As cidades do país são afetadas pelo excesso de carros e motos, que entopem a circulação e tiram espaço de deslocamentos ativos, consequentemente aumentando a inatividade física. A iniciativa do LAVA-UERJ é um dos exemplos do potencial de abordagens plurais que busquem entender como decisões que até recentemente eram tomadas em gabinetes fechados afetam toda a sociedade.

No Brasil e no mundo, há toda uma nova geração de pesquisadoras e pesquisadores defendendo que a mobilidade pode e deve ser entendida, mais do que como simples mercadoria, como um bem comum (Nikolaeva, 2019). A ideia de *comuns urbanos* (Tonucci Filho, 2017) reforça a necessidade de se olhar para a mobilidade como direito, e não apenas como negócio. Mesmo a crítica evocada especialmente na Europa de que a ausência de cobranças pode desestimular a mobilidade ativa deve ser vista com cuidado.

Porque se é verdade que muita gente deixa de caminhar ou pedalar quando o transporte é de graça, também é verdade que muita gente caminha ou pedala não por opção, mas por falta de. O que permite desenvolver o conceito de Mobilidade Ativa Compulsória, que vem sendo defendido por pesquisadores como Daniel Caribé e Paíque Santarém (Polo Planejamento, 2023), revelando-se especialmente útil para pensar a realidade brasileira, em que muita gente se arrisca sem opções e o número de vítimas de trânsito é alto entre pedestres e ciclistas. O ideal é ter ampla infraestrutura para circulação de pedestres e bicicletas, em que as pessoas optem por se deslocar com a energia do próprio corpo em função de fatores como segurança, acessibilidade e prazer, e não por falta de dinheiro.

Na Europa, conforme indicado, a capital da Estônia, Talim, com 456 mil habitantes, segue sendo uma referência importante. A cidade adotou a Tarifa Zero em 2013 e mantém a política desde então, com ganhos socioeconômicos relevantes (Tuisk; Prause, 2019; Santini, 2019). O sucesso da iniciativa na capital fez a suspensão de cobranças se espalhar por todo o país. Dos 15 condados que formam a Estônia, 11 adotaram a política de forma universal desde então.

A Tarifa Zero também se multiplicou na Europa. A Polônia concentra o maior número de casos, em um ritmo de expansão comparável ao Brasil. A França também viu a quantidade de cidades com a política se multiplicar e hoje conta com um Observatorie des villes du transport gratuit, que tem tido papel relevante em reunir dados, difundir e organizar eventos para compartilhamento de informações e referências. A organização foi uma das que se envolveu na campanha que resultou em uma carta defendendo políticas de Tarifa Zero em toda a Europa endereçada aos candidatos ao Parlamento Europeu nas eleições que aconteceram em 2024. Alguns parlamentares eleitos, como Carola Rackete (Die Linke), têm na pauta uma bandeira, conectando o debate com políticas de enfrentamento à emergência climática, o que abre espaço para novas abordagens no continente (Carola, 2024).

É na França também que está Dunquerque, outra cidade média com uma estrutura considerável. Com cerca de 90 mil habitantes em seu centro urbano, a cidade avançou de maneira planejada e gradual. Primeiro com Tarifa Zero parcial aos fins de semana e feriados a partir de 2015. Em setembro de 2018 a política foi universalizada visando principalmente frear o declínio populacional e reduzir o uso de automóveis. O fato de o sistema já ser praticamente coberto por financiamento indireto antes da adoção foi decisivo (Santini, 2019).

Considerada um sucesso, a implementação foi seguida por uma reestruturação completa da rede, com veículos novos, alterações nos pontos de parada, adoção de semáforos prioritários para o transporte público e ampliação das faixas exclusivas, bem como aumento da oferta. Também foram ampliadas as áreas para pedestres e ciclovias, com a criação de um sistema de bicicletas compartilhadas gratuito, assim como acontece em Maricá e Niterói, ambas no estado do Rio de Janeiro.

Alguns países pequenos, também conforme já mencionado, chegaram a adotar Tarifa Zero de maneira universal em todo o território nacional. É o caso de Luxemburgo e de Malta. Outros adotaram em parte da rede, com destaque para a iniciativa da Espanha, que suspendeu as cobranças em ônibus intermunicipais e em trens regulares a partir de 2022. A Alemanha testou por três meses criar uma tarifa única para o uso de toda a rede nacional de transportes como parte de uma ação climática para minimizar as emissões de poluentes. Com um tíquete de € 9,00, qualquer pessoa poderia se deslocar livremente entre junho, julho e agosto de 2022 no transporte público local e nos trens regionais. A demanda aumentou de maneira significativa, beneficiando especialmente mulheres e crianças e pessoas em situação vulnerável (Rozynek, 2024). Acabou, porém, interrompida e o tíquete de € 9,00 foi substituído por um mensal de € 49,00.

A análise de resultados sobre políticas de Tarifa Zero ou de modicidade tarifária não é simples. Como sugere a pesquisadora alemã Judith Dellheim (2023), o ideal, para melhor entender impactos da política, é "focar o debate no longo prazo, ressaltando a previsibilidade de resultados positivos tardios como a questão da saúde pública". Ela argumenta ainda que "O foco deve estar na mobilidade social e ecologicamente sustentável, no desenvolvimento do transporte público e na forte relativização do carro como meio de satisfazer as necessidades de mobilidade".

Justamente pelo potencial transformador da abolição das catracas em médio e longo prazo, há articulações promissoras em favor de mudanças. Ainda na Alemanha, jovens ambientalistas têm somado forças com sindicatos para organizar greves climáticas pelos direitos dos trabalhadores e trabalhadoras do transporte público coletivo. Em uma aliança intitulada *#wirfahrenzusammen*, jogo de palavras que pode ser traduzido como "andamos juntos", os dois grupos têm somado forças nos últimos anos para organizar greves climáticas, cobrar priorização do transporte público e defender melhores condições de trabalho no setor. O movimento conta com o apoio do ver.di — segundo maior sindicato da Alemanha, que representa, entre outros, os trabalhadores dos serviços públicos de transporte — e com integrantes da juventude ambientalista do Fridays for Future, além da simpatia de partidos e políticos (Santini, 2024d).

Novos movimentos sociais surgem em meio à pressão social por transformações. Em 2024, nasceu o Fare-Free London, grupo que quer a suspensão de cobranças na capital da Inglaterra e tem realizado marchas e debates para chamar a atenção para a possibilidade. Juntam-se a forças já sólidas no continente, como o Planka.nu, da Suécia, que nos últimos anos têm chamado a atenção para o aumento da securitização e controle do transporte público, denunciando ações direcionadas a migrantes no transporte local (Nygård, 2021).

Na América do Sul, além do Brasil, há políticas sendo testadas pelo Chile, que começou um programa-piloto chamado Doble Cero, com tarifa zero e ônibus elétricos (zero emissões) em algumas localidades. Na Argentina, o município de Vicente López, localizado na região metropolitana de Buenos Aires, conta com o Transporte Bicentenario, que além de oferecer transporte gratuito tem uma política de gênero relacionada: todos os ônibus são conduzidos por mulheres. No Paraguai, a Organización de Pasajeros del Área Metropolitana de Asunción tem chamado a atenção para as condições absurdas do transporte na capital, pressionando por mudanças e pela valorização do transporte coletivo.

Assim como no Brasil, movimentos sociais e organizações da sociedade civil trabalham a partir da perspectiva de que alterações na política de mobilidade podem trazer resultados em diferentes áreas e melhorar a qualidade de vida nas cidades. Cobram mudanças e a priorização do transporte público coletivo.

A luta não é de hoje. Em um breve recorte histórico, cabe mencionar que as primeiras experiências de transporte gratuito universal aconteceram na União Soviética entre as décadas de 1950 e 1990 e em Cuba entre as décadas de 1970 e 1990 (Kębłowski, 2024). Na Itália, Roma e Bolonha chegaram a ter Passe Livre nos anos 1970. Nos Estados Unidos, a cidade pioneira foi Commerce, na região metropolitana de Los Angeles, que adotou em 1962. Na França, Colomiers, próxima a Toulouse, universalizou a gratuidade em 1971. Nunca antes, porém, tantas experiências foram mapeadas no planeta.

O Brasil assume papel relevante no debate internacional sobre mobilidade a partir de uma estrutura legal sólida que determina prioridades com clareza e abre espaço para uma transformação política que vai além da Tarifa Zero. A proposta de abolir as catracas representa uma transformação radical na escala de prioridades na destinação de recursos públicos e, por si só, pode ser um primeiro passo para valorizar e salvar as redes existentes. Novas formas de pensar o transporte ganham força, em perspectivas multidisciplinares com espaço para participação democrática e garantia de direitos. É o momento para reposicionar o debate, repensar o papel e a importância do Brasil no cenário que se desenha.

Há um longo caminho para percorrer, porém, e a realidade ainda é dura, com decisões que seguem sendo tomadas por gestores pouco afeitos ao diálogo com a sociedade, sem transparência ou participação popular. A queda na demanda de passageiros, outro indicador inquestionável, também deve ser considerada. Justamente pelo extremo da crise, abre-se um horizonte de transformação total.

O cenário pode ser visto com otimismo, mas pode também ser entendido como uma reação frente a um horizonte cada vez mais distópico em que, na lógica da mobilidade como mercadoria, o direito de ir e vir acaba comprometido e a qualidade de vida se deteriora. Um negócio com custos enormes para toda a sociedade.

PARTE II

DISTOPIA: VIOLÊNCIAS COTIDIANAS NORMALIZADAS

NECROCAPITALISMO E POLÍTICAS DE ENTREGA DE MORTES

> O Brasil não pode parar, pensar só no coronavírus.
> Tem de voltar à normalidade imediatamente.
> Alguns vão morrer, lamento, é a vida.
> Não pode parar uma fábrica de automóveis porque
> tem 60 mil mortes no trânsito por ano.
>
> *Jair Bolsonaro, presidente do Brasil, em março de 2020, logo no início da pandemia que, até o fim do primeiro semestre de 2024, havia matado 712,5 mil pessoas (194,9 mil em 2020 e 424,1 em 2021), conforme dados do Ministério da Saúde*

O número de mortos no trânsito de São Paulo disparou. De janeiro a maio de 2024, morreram 411 pessoas em ocorrências na cidade, o que representa "um aumento de 23% em relação às 334 mortes no mesmo período do ano passado" (Guatelli, 2024). É o número mais alto desde 2015, quando morreram 493 mortos no período. Tanto em termos absolutos quanto em termos relativos, a capital se aproxima de maneira acelerada do ano mais violento desde que o Infosiga, sistema de estatística do governo estadual baseado em dados do Departamento Estadual de Trânsito de São Paulo (Detran-SP), começou a organizar e divulgar dados relacionados. Em 2015, a quantidade de mortes para cada 100 mil habitantes foi de 9,64. Não há dados ainda sobre o total de 2024, mas, a partir dos números do primeiro semestre, é possível dimensionar que tal marca pode ser superada. Considerados os primeiros cinco meses do ano, a média chegou a 8,29, a mais alta registrada no período desde o começo das medições.

O aumento da letalidade no trânsito da capital foi puxado pela morte de motociclistas. Dos 411 que morreram nos cinco primeiros meses de 2024, 186 mortos estavam em motos, o que representa 40% das fatalidades. Houve um crescimento da morte de motoqueiros de 34,7% em relação a 2023, com 138 vítimas. Na realidade, nunca tanta gente morreu em motos na cidade nos cinco primeiros meses do ano desde 2015, ano em que as medições começaram.

Mortes de motociclistas na cidade de São Paulo entre janeiro e maio

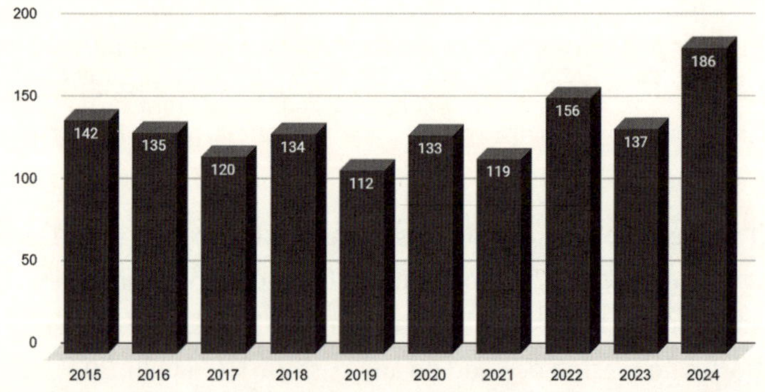

Elaboração do autor com base em dados do Infosiga (São Paulo, 2024)

São considerados os dados do Infosiga registrados pelo Detran-SP porque uma das maneiras que a gestão municipal encontrou de lidar com o problema foi simplesmente suspender a divulgação de informações. Desde 2021, o relatório de sinistros de trânsito da cidade, publicado ininterruptamente desde 2012, não é mais atualizado (CET, 2024b). Pelos dados do Infosiga, ao lado dos motociclistas, o maior número de vítimas é de pedestres (109) e ciclistas (16), totalizando 125, equivalente a 31% das mortes registradas.

É lógico que a quantidade crescente de motos nas ruas tem relação com o aumento do total absoluto de motoqueiros mortos. É difícil dimensionar com precisão qual foi o crescimento da circulação, mas é possível estabelecer alguns parâmetros com base na quantidade de veículos registrados. O índice de motociclistas mortos entre janeiro e maio de 2024 para cada cem mil motocicletas registradas no município, considerada a frota em maio de 2024, foi de 14,6, o mais alto desde 2016. Comparando a cada ano o mesmo período e a frota de motos registradas pela Secretaria Nacional de Trânsito até maio, o índice só foi superior em 2015 e 2016, quando atingiu 16,8 e 15,4, respectivamente.

Um olhar sobre o que está acontecendo em São Paulo é importante não só por ser a maior metrópole do país, mas também porque a cidade virou laboratório para o plano-piloto de instalação de motofaixas, estruturas exclusivas para motoqueiros instaladas no meio de avenidas. A experiência, que foi autorizada e é acompanhada pela Secretaria Nacional de Trânsito, possibilita velocidades distintas no tráfego, o que pode ser perigoso. Enquanto os motoristas ficam parados em congestionamentos, as motos aceleram no espaço livre. Chamadas de faixas azuis, a ideia virou um baluarte do prefeito Ricardo Nunes (MDB-SP) como solução para a mobilidade.

Além de não divulgar dados, há quem levante a possibilidade de que, para defender a nova política, a atual gestão tenha restringido as informações sobre mortes nas faixas exclusivas. A prefeitura admitiu quatro óbitos em motofaixas na cidade somente depois de o jornalista Rogério Viduedo e o conselheiro municipal de trânsito George Queiroz iniciarem uma investigação independente que comprovaram uma delas na avenida Bandeirantes. Inconformado com a subnotificação, após ouvir testemunhas e documentar de maneira sólida a morte, Viduedo acionou a prefeitura, que, mesmo dois meses após o ocorrido, não confirmou o falecimento e limitou-se a informar que iria apurar o acontecimento para incluir em futuro relatório. Ele buscou e encontrou o registro da morte no Infosiga (Viduedo, 2024).

Indiferente à situação crítica, Nunes segue expandindo as motofaixas e tem planos de completar 200 km de faixas azuis até o fim de 2024. O programa começou em janeiro de 2022 e contraria a Política Nacional de Mobilidade Urbana (Brasil, 2012), que, conforme mencionado anteriormente, prevê "prioridade dos modos de transportes não motorizados sobre os motorizados e dos serviços de transporte público coletivo sobre o transporte individual motorizado".

Enquanto abriu caminho para mais motos, a prefeitura pouco fez para melhorar a fluidez do transporte coletivo ou por meio de bicicletas. De faixas exclusivas para ônibus, não custa repetir, foram criados apenas 15,5 km em 2022 e 18,2 km em 2023. De infraestrutura cicloviária, incluindo ciclovias, ciclofaixas e ciclorrotas, até janeiro de 2024, a prefeitura havia entregue apenas 23 km dos 300 km previstos, o que representa 8% da meta (Prefeitura, 2024). A promessa no início do ano era de que tudo que faltava seria completado no ano eleitoral. Até maio de 2024, porém, apenas mais 21 km foram adicionados (CET, 2024a). Nas ciclovias existentes, há problemas graves relacionados à manutenção em cerca de 20% da rede. Uma auditoria cidadã organizada pela Associação dos Ciclistas Urbanos de São Paulo aponta que 12% das estruturas precisam de manutenção, 5% requerem intervenção ou requalificação imediata por oferecerem riscos para quem pedala e 2% simplesmente inexistem, foram apagadas ou constam no mapa oficial, mas não foram implementadas (Ciclocidade, 2022).

Infraestrutura gera demanda. Esse é um princípio básico para o planejamento de trânsito que segue sendo ignorado. Quanto mais faixas de ônibus, sistemas de trilhos e redes interconectadas, mais gente usará o transporte público. Quanto mais infraestrutura cicloviária, mais gente usará a bicicleta como meio de transporte, não apenas para lazer. Quanto mais motofaixas, mais e mais as motos se multiplicarão nas cidades. Quanto mais avenidas, mais carros. A pesquisadora Carolina Requena, ao investigar a política urbana de trânsito em São Paulo, apresentou um conceito que resume bem a dimensão do problema: o Paradoxo da Fluidez do Automóvel. A Companhia de Engenharia de Tráfego, ao focar apenas nos veículos, e não no número de pessoas se deslocando, trabalha incessantemente para abrir mais espaço para veículos motorizados individuais. A formatação para permitir mais vazão estimula o uso de veículos privados e, paradoxalmente, piora o trânsito (Requena, 2015).

Alargar avenidas é uma das medidas menos eficazes para melhorar a fluidez. Pode trazer resultados imediatos, o que explica por que parte da população apoia e cobra obras rodoviaristas, mas, a médio e longo prazo, tende a agravar o problema, já que a circulação de carros aumenta, não apenas na via em si, mas nas adjacentes e próximas. É enxugar gelo. No exterior, há cidades reduzindo a malha viária, desativando viadutos e elevados, e criando áreas exclusivas para pedestres, o que representa também economia de recursos na manutenção, incluindo asfaltamento e recuperação em obras estruturais.

Há outras soluções possíveis, além de seguir apostando em abrir mais espaço para carros e motos. Mesmo a imposição de limites de velocidade pode contribuir para melhorar a fluidez. Estudo realizado com base em dados de 18 meses de redução de velocidade em São Paulo aponta que não apenas o número de ocorrências de trânsito diminuiu (21,7%) como também o tempo médio de viagem (5,5%) (Ang; Christensen; Vieira, 2020). Sobre as ocorrências, aliás, não custa lembrar que há uma relação direta entre letalidade e velocidade e que, em muitos casos, decisões técnicas que poderiam preservar a vida costumam ser "atropeladas pelo direcionamento da ideologia automotiva predominante", conforme apontado pelo pesquisador Guilherme Moraes da Silva em sua dissertação de mestrado sobre os desafios e disputas pela regulamentação das velocidades máximas nas marginais dos rios Pinheiros e Tietê em São Paulo (Silva, 2024).

Medidas que reduzem a velocidade máxima permitida e substituem as vias para circulação e estacionamento de automóveis por outros modos de transporte, como instalação de faixas exclusivas de ônibus e ciclovias, ou mesmo linhas de bondes, tendem a ser questionadas e nem sempre são populares. Talvez por isso tanta resistência. Fato é que, em meio ao aumento de motorização da população no Brasil, gestores públicos seguem tentando ampliar, e não reduzir, políticas rodoviaristas, em uma lógica ainda do século passado.

O aumento do fluxo de veículos se reflete no aumento do número de mortes no trânsito, que cresceu consideravelmente na última década tanto em termos absolutos quanto relativos. Não há dados consolidados para os anos mais recentes, mas estudo do Instituto de Pesquisa Econômica Aplicada (Ipea) baseado nos dados do Datasus, plataforma do Ministério da Saúde, e de ocorrências em rodovias registradas pela Polícia Rodoviária Federal (PRF) entre 2010 e 2019 apontam um crescimento significativo em todo o Brasil em relação à década anterior tanto em números absolutos quanto relativos. Houve um aumento de 13,5% no total de mortes, sendo 346.151 entre 2000 e 2009 e 392.929 entre 2010 e 2019. Em termos relativos, o aumento foi de 2,3% na taxa de mortes a cada 100 mil habitantes, sendo registrado 18,79% na primeira década contra 19,22% na segunda (Carvalho; Guedes, 2024). A meta traçada pela Organização das Nações Unidas (ONU) em 2010, ano do lançamento da campanha *1ª Década de Ação pela Segurança no Trânsito*, era de reduzir em 50% a mortalidade no trânsito até 2020.

Iniciativas para tentar conter a carnificina no trânsito em todo o Brasil existem, mas não avançam no ritmo que deveriam, mesmo com a pressão da sociedade civil. Uma das mais importantes é o Projeto de Lei n. 2.789/2023 (Brasil, 2023a), que visa readequar as velocidades máximas nas cidades e permitir a fiscalização por velocidade média, estratégia inteligente para tornar mais eficientes os limites vigentes. Hoje muita gente desacelera quando tem um radar e volta a acelerar como se não houvesse amanhã logo depois. No Senado, foi formada a Frente Parlamentar pela Segurança de Crianças e Adolescentes no Trânsito apoiando a ideia. A proposta tem sido impulsionada pelo projeto *Transitando pela Vida*, que criou uma página em sua defesa (Transitando pela Vida, 2024). Até junho de 2024, porém, o projeto encontrava-se apensado junto a 279 outros, o que dificulta sua tramitação.

O papel dos governantes em relação à vida tem sido problematizado por acadêmicos nas últimas décadas. O filósofo francês e teórico social Michael Foucault (1926-1984) é um deles. Ele formulou bases sólidas para análises de estruturas de poder que podem ser úteis para pensar a realidade atual. A catraca, por exemplo, pode ser entendida como um dispositivo de controle pelo seu papel na regulação de corpos (Santini, 2023c). É dele também a ideia de biopoder, que se refere ao uso de poder social e político para o controle e disciplina da vida. É pertinente pensar as dinâmicas e prioridades no trânsito a partir de tal fundamentação.

Mais recentemente, o filósofo camaronês Achille Mbembe aprofundou a ideia de biopoder ao cunhar o termo "necropolítica" (Mbembe, 2018). A partir de reflexões sobre escravidão, descolonização e racismo, ele apresentou uma representação sofisticada defendendo que não basta olhar para mortes executadas diretamente pelo Estado, mas também para as ações que determinam quem vive e quem morre e, mais do que isso, para as condições de vida de quem apenas sobrevive. Na Academia Brasileira de Letras, o conceito é assim definido: "Uso do poder político e social, especialmente por parte do Estado, de forma a determinar, por meio de ações ou omissões (gerando condições de risco para alguns grupos ou setores da sociedade, em contextos de desigualdade, em zonas de exclusão e violência, em condições de vida precárias, por exemplo), quem pode permanecer vivo ou deve morrer". (ABL, s.d.).

O termo pode ser especialmente útil para olhar as ocorrências no trânsito, que matam principalmente motociclistas, pedestres e ciclistas. Há um recorte racial a se considerar, mas os registros de mortes em ocorrências infelizmente ainda não incluem cor nas contabilizações e é difícil precisar a dimensão racista da política de trânsito vigente. Ainda assim, dá para traçar o perfil dos entregadores de moto, que se destacam entre os que mais têm morrido no trânsito. No Brasil, os entregadores, em sua maioria, são homens (94,1%), pretos e pardos (58,6%), têm entre 20 e 39 anos (57,9%) e não chegaram a completar o ensino médio (60,1%), conforme estudo do Ipea (Góes; Firmino; Martins, 2022). Em outras palavras, são jovens negros que não tiveram chance de estudar e que morrem em função da inação dos gestores públicos.

Porém, limitar a análise ao papel dos políticos e sua responsabilidade, ou falta de, em relação ao que está acontecendo agora seria uma simplificação insuficiente. É preciso considerar também as dinâmicas econômicas envolvidas. Tem gente lucrando com o funcionamento dessa estrutura que resulta na morte sistemática de motoqueiros nas cidades brasileiras. E aí vale olhar para outro conceito, decorrente do primeiro.

Existem pesquisadores trabalhando com a ideia de necroeconomia, a partir da premissa de que o sistema capitalista resulta em uma necropolítica para grupos considerados dispensáveis (Howard, 2022). A pandemia explicitou tal lógica, evidenciada nos discursos de que a economia não poderia parar em função de "algumas mortes". No Brasil, país em que a gestão do governo Jair Bolsonaro (2019-2022) seguiu esse raciocínio, o número de mortes por Covid segundo dados do Ministério da Saúde foi de 712,5 mil desde o primeiro semestre de 2020, quando os primeiros casos foram relatados no país, até o fim do primeiro semestre de 2024. Destas, 194,9 mil aconteceram em 2020 e 424,1 mil em 2021, durante o governo Bolsonaro.

A política de priorizar a economia, e não a vida, por si só se revelou ineficaz até mesmo em termos de desempenho nesta área. Estudo comparativo produzido por pesquisadores espanhóis (Caylà *et al.*, 2024) para tentar quantificar o impacto a partir de diferentes estratégias de combate apontam, com base em dados do Banco Mundial, "que os países que adotaram a estratégia zero-COVID experimentaram um menor impacto negativo no seu PIB no primeiro ano da pandemia, em comparação com os países que adoptaram a estratégia de mitigação". A partir de uma análise que inclui fatores econômicos, o grupo recomenda que, mesmo que o objetivo seja não deixar a economia parar, há medidas de mitigação que podem ser adotadas, especialmente em relação à vacinação. "Com base em nossos resultados e observações anteriores (por exemplo, SARS em 2003), concluímos que o nível zero-COVID estratégia pode ser a melhor opção para lidar com possíveis futuras crises globais causadas por novas doenças transmissíveis com altas taxas de incidência e letalidade".

Além de necroeconomia, há também quem trabalhe com o conceito mais direto de necrocapitalismo (Bobby Banerjee, 2008), que pode ser especialmente importante para melhor compreender a multiplicação de mortes de motoqueiros no trânsito de São Paulo. Estudo publicado na Austrália usou o termo para chamar a atenção para o número crescente de mortes de entregadores, relacionando o fenômeno a "uma forma contemporânea de acumulação por meio de estruturas organizacionais que aproveitam o poder da debilitação e da morte para obter ganhos económicos" (Orr; Henne; Lee, 2023). Os autores sublinharam três dimensões: "como esta forma de trabalho acarreta riscos e danos corporais; como estes danos são agravados pelas infraestruturas de plataforma; e como a inação regulatória estratégica mantém as ordens necropolíticas". Estão falando da Austrália, mas poderiam estar falando do Brasil, onde as plataformas de entrega têm se valido de trabalho precarizado, adotado mecanismos para tentar acelerar ainda mais as entregas e pressionado o poder público para não haver regulação.

O iFood, principal empresa do setor de entregas rápidas de alimentos, cresceu exponencialmente e lucrou com a nova conjuntura. É só olhar para o que aconteceu a partir do registro dos primeiros casos de Covid-19 no país. Na nova realidade da escalada de casos, quem pôde e entendeu a gravidade da situação ficou em casa. Os demais, seja por subestimar a doença, seja por necessidade de continuar trabalhando fora de casa para sobreviver, seguiram em uma nova e estranha rotina de máscaras e álcool gel. As entregas dispararam.

A empresa anunciou publicamente um crescimento exponencial. Em dois anos, o volume de negócios mais do que triplicou. De 20 milhões de entregas por mês em 2019, a empresa passou para mais de 65 milhões por mês em 2021 — segundo dados disponíveis no *Relatório de Impacto de 2021* da própria empresa (iFood, 2021). No primeiro semestre de 2024, a empresa comemorava mais de 80 milhões de entregas por mês (iFood, 2024).

Os dados não são passíveis de verificação — a falta de controle público e transparência é uma das características das plataformas digitais —, mas não restam dúvidas de que a empresa lucrou e cresceu no mesmo ritmo acelerado dos trabalhadores mal remunerados que arriscam a vida entregando hambúrgueres e comidas rápidas produzidas em escala industrial em cozinhas-fantasmas, restaurantes especializados que funcionam com as portas fechadas atendendo somente pedidos à distância.

O iFood tem uma política agressiva para tentar influenciar a opinião pública, evitar regulação e qualquer resistência ao seu modelo de negócios. A empresa chegou a contratar agências de publicidade em São Paulo para monitorar e manipular redes sociais, o que incluiu a criação de perfis falsos e um agente infiltrado para desmobilizar manifestações de entregadores (Levy, 2022). Denunciada, a companhia encarou inquéritos civis e acabou assinando Termos de Ajustamento de Conduta com o Ministério Público Federal e o Ministério Público do Trabalho (Levy, 2023). Plataformas têm combinado estratégias agressivas de lobby e propaganda com o uso desonesto e incerto de algoritmos, o que também está bem documentado na literatura científica sobre o tema (Grohmann *et al.*, 2022).

No caso das entregas, as ocorrências são potencializadas pela velocidade, o que pode ser relacionado à maneira como os aplicativos de entrega funcionam (Santini, 2024d), Mecanismos como a gamificação — em que, como em um videogame, jovens ganham pontos e vantagens por metas e feitos extraordinários — estimulam comportamentos de risco, descaso com regras de trânsito e desrespeito aos limites de velocidade. O iFood chegou a criar uma categoria especial para entregas rápidas em que quem não cumpre com o prazo ofertado sofre um desconto no pagamento e o cliente é ressarcido.

Reprodução de tela do aplicativo iFood

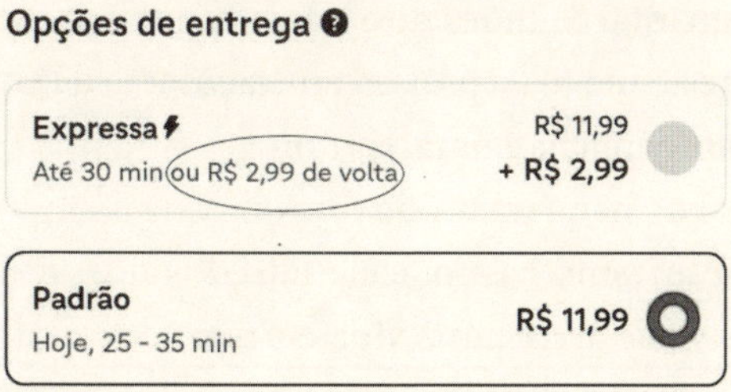

Reprodução de tela do aplicativo iFood em que aparece a opção de escolher receber entregas expressas, com a possibilidade de receber o dinheiro de volta caso o prazo não seja cumprido. O valor é descontado do entregador. Registro de julho de 2024.

Mesmo antes da aceleração imposta pelas plataformas, no começo da década passada, os riscos de trabalhadores precarizados em motos já chamavam a atenção de pesquisadores da área (Silva, 2011). O problema só se agravou no período recente.

Em São Paulo, a CET acompanhou com preocupação a tendência e, ainda em 2018, quando divulgava relatórios de sinistros de trânsito, destacou o fenômeno em um de seus informes:

> Os acidentes [sic] fatais envolvendo motociclistas apresentaram alta em 9 dos 12 meses de 2018 [...] demonstrando uma tendência consistente e alarmante. [...] Estas constatações levaram à intensificação das ações de educação e fiscalização para motociclistas [...], bem como à atuação sobre aplicativos de entrega com motocicletas que operam na cidade à margem da legislação municipal e federal sobre motofrete. A ação específica sobre motofretistas foi resultado do levantamento das declarações de óbito que indicou um aumento de 9% para 14% na participação de entregadores e motofretistas entre as mortes de motociclistas no trânsito em 2018. (CET, 2019)

Em relação ao total de mortes no trânsito, e não apenas de motociclistas, o crescimento da proporção do número de entregadores vitimados também chama a atenção:

Mortes de motofretistas por ano e total de mortes no trânsito na cidade de São Paulo

	mortes de motofretistas	**total de mortes**	**porcentagem de motofretistas**
2018	50	849	5,80%
2019	35	791	4,40%
2020	57	809	9,35%

Elaboração própria com base nos relatórios de sinistros de trânsito produzidos pela CET até 2021, quando a Prefeitura municipal interrompeu a elaboração dos informes

Ciente da gravidade da situação, em 2020, mesmo ano em que praticamente um motoboy morreu a cada cinco dias na cidade, o então prefeito Bruno Covas (PSDB-SP) chegou a anunciar um termo com a iFood e com a Loggi, outra empresa do setor, para "que não haja mais bonificação por número de entregas, pois estimula o desrespeito às leis de trânsito" (São Paulo, 2019). O prefeito faleceu em 16 de maio de 2021, em decorrência de um câncer no aparelho digestivo, e a gestão Nunes, seu vice, trocou a ideia de melhor regular as empresas pela criação e expansão de motofaixas. Desde então, os relatórios de sinistros deixaram de ser divulgados.

Na mesma velocidade do aumento de mortes, o iFood cresceu e consolidou-se como a principal plataforma de entregas de alimentos no Brasil. Hoje há questionamentos no Conselho Administrativo de Defesa Econômica (Cade) de concorrentes como a Rappi sobre os contratos de exclusividade com as cozinhas e um possível monopólio da empresa no setor. A propósito, o termo "cozinhas", em vez de "restaurantes", é mais adequado, porque parte das unidades que atendem o serviço simplesmente deixaram de atender clientes presencialmente e passaram a focar na produção em série de comida rápida, o que também tem um impacto urbanístico a ser considerado.

Em um dominó de controladoras, a iFood hoje pertence ao grupo Mobile, que, por sua vez, pertence ao grupo de investimentos global Prosus, subsidiária da gigante sul-africana Naspers. Em uma expansão gradual do controle acionário, em 2022 a Movile adquiriu 33,3% das ações, as últimas ainda sob controle da acionista Just Eat Holding Limited, baseada no Reino Unido, por R$ 9,4 bilhões ou U$ 1,8 bilhão (Braun, 2022). O iFood é hoje a startup mais valiosa do Brasil, com valor estimado em 5,4 bilhões de dólares. A história do grupo ajuda a entender o processo de mudança recente acentuado na mobilidade. Novas lógicas de transporte de pessoas e mercadorias ganharam escala global nos anos recentes e, enquanto o transporte público encolheu, os serviços oferecidos por aplicativos se multiplicaram. A Covid-19 teve papel central na aceleração de tal tendência.

A ideia de necrocapitalismo envolve não apenas as mortes, mas as condições de vida também, e cabe olhar para a realidade dos entregadores. Mesmo quando sobrevivem a ocorrências de trânsito, muitos acabam seriamente lesionados. Em 2022, mesmo ano em que a operação do iFood teve uma valorização recorde, a proporção de feridos atendidos no Instituto de Ortopedia e Traumatologia (IOT) do Hospital das Clínicas (HC) de São Paulo, um dos maiores da América Latina, cresceu consideravelmente.

A médica Júlia Maria D'Andréa Greve, que atende na unidade recebendo vítimas de ocorrências, calcula que 80% dos atendimentos em 2022 envolviam jovens entregadores. À Comissão de Saúde da Câmara Municipal de São Paulo, em 15 de setembro de 2022, ao mencionar a estimativa, ela descreveu a situação com as seguintes palavras: "Com o advento dos aplicativos e com essa explosão de pessoas que, por falta de oportunidade de emprego, começam a trabalhar nos aplicativos, a gente regrediu". Seu depoimento foi registrado no relatório final da Comissão Parlamentar de Inquérito (CPI) dos Aplicativos (São Paulo, 2022). Ela disse ainda:

> Em dez anos, de 2013 para cá, houve uma regressão e o número de acidentes [sic] voltou a crescer, o número de incapacidades e de mortes voltou a crescer. [...] Então, temos o avanço da tecnologia com o uso dos aplicativos para entrega [...] baseado na atividade econômica de pessoas que não estão preparadas, que não podem executar essa tarefa, que não têm seguro de vida, que nem têm seguro-saúde, que não têm nenhum suporte social e que, além de estarem expostas a acidentes, estão expostas a uma condição de trabalho muito ruim, como o estresse, o barulho, o próprio uso da mochila

com diferentes tamanhos, diferentes pesos. Isso tem uma ação direta na saúde do trabalhador. Quer dizer, não é só a questão de segurança, mas obviamente que a segurança se impõe pela gravidade das lesões. (São Paulo, 2022)

UBERIZAÇÃO E ACELERAÇÃO DA MOTORIZAÇÃO

> Nós estamos falando de um assunto que envolve a economia do planeta Terra e isso pode ser feito de uma maneira muito simples. Entrem no celular em fotografias e vídeos de variadas cidades do planeta, países médios, grandes, cidades maiores, menores. As cidades ficaram muito semelhantes. São uma montanha de vias, viadutos, passagens subterrâneas, rotatórias. Desde que Henry Ford inventou a produção em série de automóveis, isso virou um gigantesco *business* associado com a indústria petrolífera. [...] Temos um problema monstruoso para a humanidade. Somos prisioneiros de uma forma de mobilidade nas cidades. Isso define o formato das cidades. Elas funcionam à base do automóvel.
>
> *Lucio Gregori, no lançamento da Coalizão Triplo Zero (ITDP Brasil, 2023)*

Um dos temas que dominou as discussões sobre mobilidade básica universal na segunda conferência sobre Avançar da Equidade nos Transportes, realizada em Baltimore, Maryland, nos Estados Unidos, em julho de 2024, foi a possibilidade de se instituir uma Carteira de Mobilidade (Mobility Wallet). Ou seja, transferir recursos públicos diretamente para que as pessoas mais vulneráveis possam gastar diretamente para se locomover. Em vez de subsidiar total ou parcialmente o transporte público, criando redes mais acessíveis, a opção seria oferecer condições para que, quem quiser, possa usar o dinheiro para pagar por um transporte por aplicativo. O argumento encontra guarida em função da situação em que muitas comunidades se encontram, subatendidas por redes onde os sistemas coletivos são escassos ou têm uma frequência muito baixa.

O debate tem sua importância. O encontro é organizado pela Transportation Reseach Board, uma divisão da Academia Nacional de Ciências, Engenharia e Medicina dos Estados Unidos, que tem como missão mobilizar "experiência e conhecimento para antecipar e resolver desafios complexos relacionados ao transporte". O evento contou com uma mesa intitulada *A promessa da mobilidade básica universal (The Promise of Universal Basic Mobility)* e foi acompanhado presencialmente pelo professor Mateus Humberto, da Escola Politécnica da Universidade de São Paulo, que compartilhou informações sobre as discussões. A solução proposta por alguns participantes é baseada em viabilizar e democratizar o acesso ao automóvel, fundamentada na operação de plataformas privadas. Nos debates, aliás, houve até quem levantasse a possibilidade de o Estado pagar para que as pessoas pudessem usar o recurso público para abastecer veículos privados.

A perspectiva baseia-se na premissa de que o mercado pode prover soluções melhores do que o Estado e encontra ressonância em outras iniciativas do tipo naquele país, como a opção de, em vez de subsidiar o ensino público, transferir recursos diretamente para famílias pagarem por escolas privadas, em um modelo marcado pela existência de Escolas Charter, que são privadas, mas subsidiadas com recursos públicos. Tal perspectiva é bem detalhada no livro *Doutrina do Choque*, de Naomi Klein, que narra como esse tipo de política encontrou espaço após o furacão Katrina, que atingiu e destruiu escolas públicas em Nova Orleans (Klein, 2008).

A ideia de destinar recursos públicos para a mobilidade privada em vez de subsidiar sistemas coletivos não é nova. No Brasil mesmo há pelo menos três projetos de lei que pretendem flexibilizar o vale-transporte, abrindo caminho para que o recurso ao qual o trabalhador tem direito para custear o transporte público passe a ser usado com táxis, mototáxis, aplicativos e compra de gasolina. São eles os PL n. 2812/2020, apresentado por Gonzaga Patriota

(PSB-PE), o PL n. 7819/2017, apresentado pelo Cabo Sabino (Avante-CE), e o PL n. 2998/2015, apresentado por Augusto Carvalho (Solidariedade-DF), todos mapeados pela pesquisadora Letícia Birchal Domingues (2023). Em sua análise sobre o tema, ela argumenta que "o incentivo ao transporte individual motorizado é alarmante, tendo em vista que a preocupação do acesso à cidade e a ampliação do direito ao transporte deve partir de incentivos a modos mais eficientes e sustentáveis de transporte na cidade — essencialmente os coletivos e ativo".

Mas, recuperando o argumento de que, para quem mora em áreas desconectadas ou para quem depende de redes que demoram e são pouco confiáveis, será que, ainda assim, não valeria à pena tentar viabilizar soluções individuais em vez de subsidiar total ou parcialmente as redes de transporte público? Os aplicativos sob demanda não poderiam ter um papel relevante na democratização do direito ao transporte?

A resposta não é simples e depende de um olhar crítico sobre os caminhos possíveis para o futuro da mobilidade nas cidades. Para pensar a questão, vale recuperar algumas ideias de Ivan Illich (1926-2002), pensador austríaco que viveu na América Latina, nos Estados Unidos e na Alemanha e é considerado um dos precursores da Ecologia Política. Illich não chegou a ver o Uber, mas imaginou soluções como as que estão sendo discutidas hoje. Ao apresentar uma crítica ao papel do automóvel na sociedade atual, em seu texto "Energia e equidade", escreveu:

> Imaginemos que seja organizado um sistema de transportes para uso diário, que realmente seja *rápido, gratuito e igualmente acessível a todos*. Em um mundo hipermoderno dotado de um sistema semelhante, todos os transportes [motorizados] seriam pagos com fundos públicos, quer dizer, fundos arrecadados por meio de impostos. [...]. Um mundo utópico semelhante logo se mostraria um pesadelo, no qual todos seriam

> igualmente prisioneiros do transporte [motorizado]. Cada um privado do uso de seus pés, incapaz de competir com os veículos, se converteria em agente da proliferação ulterior da rede de transportes. A única alternativa que sobraria se impõe por si só: insistir que a velocidade dos veículos disponíveis se reduza a um nível que permita ao ser humano competir com ela com suas próprias forças. (Illich, 2005, grifo do autor).

Sua crítica visionária parte da premissa de que a proliferação de automóveis simplesmente inviabiliza a mobilidade ativa. Expandir o acesso aos carros transforma o que seria uma possibilidade em uma necessidade. A formatação do espaço urbano para viabilizar a circulação rápida de veículos torna perigoso ou mesmo impossível deslocamentos a pé ou de bicicleta. Ao defender um limite de velocidade de 25 km/h, ele propõe um cenário em que seja possível combinar o uso de motores com a mobilidade ativa, em que as pessoas tenham liberdade para transitar podendo utilizar carros, mas não dependendo deles. Não se trata, importante destacar, de ser contra veículos motorizados pura e simplesmente, mas sim de perceber o impacto que produzem quando se tornam uma necessidade.

Sua análise baseia-se no uso da energia e é sofisticada. Em meio aos debates então ainda incipientes sobre a emergência climática, Illich problematizou até mesmo o tanto que é gasto não só na circulação, mas na produção massiva de automóveis, antevendo problemas que se agravaram nas décadas seguintes. Criticou a própria concepção de "crise de energia", destacando que mais do que novas fontes ou tecnologias mais avançadas de melhor aproveitamento, deveríamos olhar para o consumo.

A aceleração tem papel chave para melhor compreender como o meio urbano é transformado para abrir caminho para mais carros: "Não é apenas energia que consome um veículo veloz: mais importante ainda é o consumo de espaço. Cada aumento da velocidade faz do veículo um ser mais ávido por metros quadrados ou cúbicos." (Illich, 2005). No cenário distópico materializado em avenidas impossíveis de cruzar e distâncias inviáveis, a população deixa de perceber alternativas e questionar violências naturalizadas, passando da condição de cidadão à de mero consumidor, ou usuário, do transporte motorizado. Nas palavras do autor: "em suas reivindicações políticas o usuário não busca mais caminhos abertos, mas sim veículos que o transportem. Quer mais do mesmo que agora o frustra, em vez de pedir garantia de que, em qualquer sentido, a prioridade seja sempre o pedestre".

Mesmo para quem usa transporte motorizado coletivo, ou seja, os ônibus, o aumento do número de veículos circulando tem um efeito grave, já que os carros, de aplicativos ou não, consomem espaço e tornam as viagens mais lentas. A popularização dos serviços das plataformas — mais conhecida como "uberização", em função da Uber, principal multinacional do ramo, mas não a única — fundamenta-se no transporte por automóveis e afeta a mobilidade das cidades como um todo. As multinacionais de transporte sob demanda abriram espaço para que mais pessoas possam se deslocar em carros, turbinando a motorização do espaço urbano.

Um sistema de mobilidade baseado em veículos velozes produz, às custas de todos, "distâncias que só eles podem reduzir", conforme Illich (2005). Assim, "a velocidade superior de certos veículos favorece algumas pessoas, mas a dependência geral de veículos velozes consome o tempo de todos. Quando a velocidade ultrapassa certo limite, o tempo total destinado pela sociedade à circulação começa a aumentar".

Olhando para o tempo, ele aponta as consequências graves de abrir espaço para que quem tem dinheiro possa se deslocar rapidamente. A agilidade de alguns privilegiados impede ou dificulta o deslocamento de uma maioria, e isso tem um custo que é também social.

> Em qualquer sociedade em que o tempo é pago, a eqüidade e a velocidade na locomoção tendem a ser inversamente proporcionais. Os ricos são aqueles que podem se mover mais, ir aonde quiserem, permanecer onde desejarem e obter esses serviços em troca de uma fração muito pequena do seu tempo vital. Os pobres são aqueles que gastam muito tempo para que o sistema de transporte funcione para os ricos do país. (Illich, 2005)

Nas cidades brasileiras, é possível traçar o perfil das pessoas cujo tempo de vida vale mais e daquelas cujo tempo vale menos. Quem mais sofre com a lentidão do trânsito são pessoas negras e pobres, que foram empurradas para as periferias, onde o custo da moradia é menor e dependem do transporte público. Há análises sofisticadas apontando tais diferenças, destacando como o tempo dos deslocamentos é desigual e desproporcional para quem mora longe das regiões centrais (Giannotti; Tomasiello; Bittencourt, 2022).

É com base na ideia de mobilidade como direito, e não como mercadoria, que Illich propõe regular o transporte de modo a garantir que o deslocamento privilegiado de alguns não impacte o da maioria.

> Os seres humanos nasceram dotados de mobilidade mais ou menos igual. Essa capacidade inata de movimento advoga em favor de uma liberdade igual na escolha do seu destino. A noção de eqüidade pode servir de base para defender esse direito fundamental contra toda restrição. Dentro dessa perspectiva, pouco importa qual seja a ameaça ao livre exercício do direito de se mover e escolher seu próprio destino: a prisão, a proibição de cruzar fronteiras ou *a reclusão dentro de um ambiente urbano que impeça a mobilidade inata da pessoa* com a única finalidade de transformá-la em usuário [consumidor]. (Illich, 2005, grifo do autor)

Ilich traça então dois caminhos possíveis, o da libertação da abundância, em que cada pessoa pode se mover livremente e tem condições de fazer isso com segurança e de maneira adequada, e o da libertação da dependência, que é fundamentado no uso massivo de automóveis. Soluções como subsidiar o transporte por aplicativos ou mesmo para que as pessoas usem os recursos para abastecer o próprio veículo reforçam essa segunda perspectiva, de criar condições para que a motorização das cidades avance.

A abundância fundamenta-se na diversidade de deslocamentos possíveis. Criar condições para a mobilidade ativa, apostar em transporte público e redesenhar as cidades para desestimular o uso de carros deveria ser a prioridade para reduzir a desigualdade social no trânsito. E aqui cabe olhar para o processo de uberização da mobilidade em curso hoje. Justamente ampliar e tornar o uso de carros o padrão é a essência dos negócios das plataformas. E é por isso que a leitura de Illich segue tão atual.

Ao criar um sistema que permite que mais pessoas utilizem automóveis, o transporte por aplicativos contribui para um aumento da circulação constante desses veículos, agravando a dependência. A Uber ganhou espaço com um discurso que mascara tal realidade, repetindo a máxima de que seu modelo de negócios permite um melhor aproveitamento da frota, de modo a aumentar a capacidade de transporte das cidades sem a necessidade de ampliar o número de carros existentes. Em tese, daria até para imaginar que o trânsito poderia melhorar, já que mais gente poderia abandonar os veículos particulares para usar os aplicativos.

A realidade, porém, é outra. A maioria das pessoas que utilizam os aplicativos não são motoristas que desistiram do privilégio de se deslocar mais rapidamente usando veículo próprio, mas sim gente que usa o transporte coletivo ou formas não motorizadas. Os aplicativos canibalizam as redes de ônibus, trens e metrôs ao oferecer uma concorrência feroz e desleal, valendo-se de trabalho precarizado, e reduzem a mobilidade ativa nas cidades. Ampliam o acesso aos carros, ainda que para poucos privilegiados que podem pagar, mas, ao mesmo tempo, criam e fortalecem uma relação de dependência com os automóveis.

Na prática, a uberização piora o trânsito, em especial nos centros urbanos. É pertinente olhar as estatísticas dos Estados Unidos, onde a empresa começou, para melhor compreender o impacto. Pesquisa realizada por Bruce Schaller (2021), com dados de 2014 a 2020, procurando mapear os efeitos da expansão da Uber e da Lyft (outra empresa do tipo, forte na América do Norte), aponta que houve um crescimento considerável de milhagem percorrida por veículo, agravando os engarrafamentos.

Schaller é um dos consultores de transporte mais conceituados de seu país. Trabalhou na prefeitura de Nova Iorque, onde contribuiu com políticas como a *Vision Zero*, visando zerar as mortes no trânsito. Advoga em favor do transporte público e vem realizando estudos críticos sobre a expansão dos aplicativos. No que fez com base em dados de Chicago, da cidade de Nova Iorque e de Washington DC, três metrópoles nos Estados Unidos, de Toronto, no Canadá, além dos subúrbios da Califórnia, também nos Estados Unidos, identificou que:

> os aumentos relacionados foram bastante grandes, na ordem de dobrar ou mais viagens associadas ao transporte por aplicativos tanto nas cidades grandes quanto nos subúrbios. Isso aconteceu porque a maioria dos passageiros mudou do transporte público ou de outros modos não automotivos. (Schaller, 2021)

O efeito do aprimoramento do uso de carros para transporte de massas, que poderia reduzir os congestionamentos, é anulado pela indução de demanda provocada pela popularização e aumento da circulação constante. O resultado final é simples:

mais veículos nas ruas por mais tempo. Seu estudo aponta que nem as viagens compartilhadas, modalidade oferecida pelas empresas para tentar otimizar ainda mais o sistema (e reduzir custos), ajudaram a minimizar o impacto. Isso mesmo quando as empresas promovem descontos de tarifas para incentivar o uso coletivo de cada veículo.

Também não foi constatado que o serviço fortaleceria conexões com o transporte público fazendo a conexão em trechos curtos, ou que poderia ter impactos positivos, já que quem usa o serviço não precisaria realizar deslocamentos adicionais para estacionar. "Tampouco há evidências de uma mudança geral no abandono da propriedade e uso de veículos pessoais em áreas com alto uso de transporte coletivo", diz a análise.

Destacando que boa parte do público opta pelos aplicativos por ser um "meio de transporte conveniente, confiável e rápido", o levantamento pondera que há benefícios individuais que não podem ser ignorados, "mas as políticas públicas devem equilibrar os benefícios individuais com os custos sociais no congestionamento do tráfego, nas emissões dos veículos e na redução do número de passageiros dos transportes públicos" (Schaller, 2021). Na mesma linha de argumentação de Illich, Schaller conclui:

> Especialmente em zonas urbanas densas, os modos de transporte eficientes em termos de espaço, como o transporte público, a caminhada e a bicicleta, devem ocupar o lugar de destaque na elaboração de políticas, com espaço para serviços de aplicativos e automóveis privado em menor prioridade. (Schaller, 2021)

Em outras partes do mundo, levantamentos com metodologias distintas chegaram a conclusões parecidas. Onde há disputa de mercado e as empresas operam com políticas mais agressivas de redução de preços, os efeitos têm sido bem negativos. Na

China, uma análise sobre os descontos de aplicativos baseada em dados de navegação do AutoNavi indicou agravamento de congestionamentos em Shangai, que representam um aumento de 3,5% a 5,5% do tempo perdido no trânsito, levam a custos sociais e prejudicam o bem-estar de toda a sociedade, levando ao que os autores chamam de "deseconomia" (Hang *et al.*, 2019).

Mesmo pensar em organizar o serviço de modo a garantir a mobilidade de pessoas que vivem em áreas carentes de transporte público parece pouco viável. O foco das plataformas é o volume e a estratégia prioriza as áreas onde há grande número de pessoas dispostas a consumir o serviço. A essência do modelo de negócio é justamente concorrer com outros meios de deslocamento e a meta é crescer nas metrópoles.

No Brasil, a Uber, principal empresa do tipo, encontrou na cidade de São Paulo o mercado perfeito. A capital tem 11,4 milhões de habitantes e é a que tem o maior número de veículos registrados no Brasil. São 9,3 milhões de carros e 1,2 milhões de motos (Brasil, 2024a). A metrópole é um dos principais mercados da Uber no mundo, ao lado de Chicago, Los Angeles e Nova Iorque, nos Estados Unidos, e de Londres, no Reino Unido. Em 2023, as cinco cidades foram responsáveis por 20% do faturamento na área de mobilidade, e, em 2022, 22%, conforme os dois últimos relatórios anuais (Uber, 2024a; 2024b).

Em um informe para investidores, o grupo estimou que em apenas um mês no último trimestre de 2023 cerca de 18% da população brasileira com mais de 18 anos fez pelo menos uma viagem de Uber (Uber, 2024b). A empresa se beneficia e extrai lucro da infraestrutura rodoviarista presente nas cidades do país, criada e mantida com recursos públicos.

Além disso, encontra terreno fértil para crescer em função da presença de desempregados motorizados sem opções de trabalho regular. No último semestre de 2022, Dara Khosrowshahi, CEO da Uber, afirmou que o cenário prévio de fragilidade econômica de países como Brasil e México ajudou a multiplicar o número de motoristas disponíveis, aumentando o lucro global (Cheng, 2023). O modelo da empresa está fundamentado na exploração de trabalhadores precarizados (Filgueiras; Cavalcante, 2020), que atuam sem garantias sociais mínimas e sob regras pouco transparentes de remuneração (Grohmann *et al.*, 2022).

A Uber recebeu em maio de 2023 uma autuação da Receita Federal referente às contribuições previdenciárias de motoristas de 2019 a 2020 e recorreu na Justiça. Assim como outras empresas do setor, alega ser mera intermediária na contratação de "empreendedores" independentes e nega responsabilidade trabalhista sobre os motoristas que gerencia. Apresentam-se como empresas de tecnologia, que apenas conectam consumidores e trabalhadores. Conseguem, assim, evitar encargos trabalhistas e reduzir os custos de maneira significativa.

A principal multinacional do ramo vem tentando estabelecer procedimentos conciliatórios coletivos, de modo a criar bases para garantir que as relações de trabalho da empresa com motoristas não sejam assim reconhecidas. A empresa enfrenta ações por "litigância manipulativa" e o Tribunal Regional do Trabalho da 3ª Região (que abrange o estado de Minas Gerais) chegou a recusar a homologação de acordos trabalhistas entre a empresa e os motoristas (Orsini; Leme, 2021). Ao procurar descaracterizar as relações de subordinação laboral, a alegação é sempre a de que os trabalhadores têm liberdade para decidir, e vantagens como flexibilidade e remuneração adequada.

A estimativa do Instituto de Pesquisa Econômica Aplicada (Ipea), baseada em dados do terceiro trimestre de 2022, é de que há 1,7 milhões de pessoas trabalhando para plataformas de transporte no Brasil, sendo um milhão de motoristas de aplicativo e taxistas. Do conjunto, somente 23% contribuem para a previdência social (Goés *et al.*, 2023). O Ipea também registrou tendência de queda na remuneração real de tais trabalhadores desde 2016 (Góes; Firmino; Martins, 2022).

O Governo Federal tentou, sem muito sucesso no primeiro semestre de 2024, criar uma regulação mínima para garantir direitos aos trabalhadores do setor. Em maio de 2023, um grupo de trabalho foi criado com a participação de trabalhadores e empresas para tentar encontrar caminhos para ampliar as proteções sociais no setor. O esforço resultou no Projeto de Lei Complementar n. 12/2024 (Brasil, 2024b), que regulamenta o trabalho de motorista de aplicativo para transporte de passageiros, apresentado em 4 de março de 2024.

O texto determina que esses trabalhadores são "autônomos com direitos", e prevê a garantia de direitos mínimos, como transparência dos dados, aposentadoria digna, auxílio em caso de acidente ou doença profissional, pensão por morte para sua família, licença maternidade, entre outros direitos. A proposta acabou criticada tanto pelas empresas, que resistem e fazem campanha contra qualquer tentativa de regulação, quanto por quem acompanha e defende direitos trabalhistas.

Renan Kalil, procurador do Ministério Público do Trabalho, resumiu a situação ao explicar que a proposta final fracassa por basear-se em uma premissa falsa, justamente a de que as plataformas são empresas de tecnologia, e não de transporte:

> Reduzir essas empresas a meras intermediadoras de viagens entre seus clientes e os motoristas está muito distante do que ocorre no mundo dos fatos. Ninguém abre o telefone celular e acessa o aplicativo da Uber ou da 99 procurando por um motorista específico — até porque, não existe essa opção. O que os clientes buscam é a prestação do serviço de transporte — o que é oferecido pela empresa. Não é à toa que há a opção de avaliar o trabalhador ao final da corrida, pois isso serve

> para conferir se a viagem foi feita dentro dos parâmetros estabelecidos pela empresa. (Kalil, 2024)

Em seu texto, ele lembra que, no Instituto Nacional de Propriedade Industrial (INPI), para proteger a sua marca, tais grupos registram-se como empresas de transporte e aponta o risco de que a ampliação de tal proposta para outras áreas pode "reduzir a pó o trabalho formal", questionando quem empregaria um trabalhador registrado podendo usar uma plataforma para contratar um profissional pagando menos. Isso não só nos transportes, mas em qualquer área.

As plataformas de entregas e de transporte no Brasil fazem campanha constante com peças publicitárias e ações de marketing milionárias, além de lobby direto sobre parlamentares e políticos (Dias, 2021), o que inclui propostas de lei para criar novas categorias de trabalho suprimindo direitos (Ribeiro; Silva, 2022).

A Uber monitora com atenção qualquer tentativa de controle estatal. No Formulário K-10 (Uber, 2023), relatório anual exigido pela Securities and Exchange Commission (SEC), a Comissão de Valores Mobiliários dos EUA, a empresa apontou que um número crescente de países tem aplicado leis de concorrência, listando o Brasil entre os países que trabalham com temas como regulação "em torno de questões de paridade de preços, fixação de preços e abuso de poder de mercado". Também listou a ação de agências governamentais e órgãos reguladores, que podem:

> proibir futuras aquisições, desinvestimentos ou combinações que planejamos fazer, impor multas ou penalidades significativas, exigir o desinvestimento de alguns de nossos ativos ou impor outras restrições que limitem ou exijam modificar nossas operações, incluindo limitações em nossas relações contratuais com usuários da plataforma ou restrições em nossos modelos de preços. (Uber, 2023)

No mesmo documento, a empresa cita o Brasil ao mencionar as limitações impostas por regras como as previstas na Lei Geral de Proteção de Dados (LGPD, Lei n. 13.709/2018), que podem afetar o uso crescente de inteligência artificial e aprendizado de máquinas e desenvolvimento de algoritmos que dependem de bases de dados.

Há planos de expansão acelerada. Aos investidores, a companhia destaca que há espaço e horizonte para crescer ainda mais e posiciona o Brasil como um dos mercados estratégicos a ser conquistado (Uber, 2024b). A expansão pode acelerar a motorização no país, afetar o já combalido transporte público e resultar em mais deslocamentos massivos em carros, com consequências sociais, ambientais e urbanas.

Assim, a perspectiva é de que o transporte por aplicativos ganhe mais e mais espaço no país, multiplicando a quantidade de carros em circulação constante nas ruas e acelerando a motorização. O que fazer?

Ivan Illich, ainda em sua análise sobre energia e equidade, ao escrever sobre a expansão do uso dos automóveis, deixa uma conclusão que segue atual e pode ajudar a pensar a questão: "A proteção da mobilidade pessoal autônoma e sem classes contra o monopólio radical da indústria é possível somente onde as pessoas se empenhem em um processo político, baseado na proteção do tráfego ótimo" (Illich, 2005).

Diz ainda, reforçando a dimensão política da disputa em curso:

> Uma análise concreta do tráfego traz a verdade subjacente à crise de energia: o impacto da quantia de energia industrialmente empacotada sobre o ambiente social é degradante, esgotante e escravizante. Esses efeitos se fazem sentir antes da ameaça da contaminação do ambiente físico e da extinção da raça humana. O ponto crucial em que esses efeitos podem ser revertidos não é, contudo, questão de dedução, mas sim

> de decisão política, que possivelmente só ocorrerá onde a voz da maioria conseguir limitar o poder e a velocidade de seus governantes. (Illich, 2005)

O futuro é apostar na democratização pela uberização subsidiada pelo Estado ou em tentar reverter a crise de (i)mobilidade fortalecendo o transporte público e abrindo espaço para mais diversidade no trânsito, com redes estruturadas de modo a permitir e integrar também deslocamentos não motorizados?

Devemos olhar para soluções que já existem e têm sido defendidas desde o século passado ou buscar inovações mágicas para viabilizar um fluxo crescente e insustentável de automóveis nas ruas?

CARROS AUTOMATIZADOS E FALSAS SOLUÇÕES

> Uma sociedade que abraça uma
> tecnologia precisa de uma forte força
> interior para não ser seduzida pelos objetivos,
> para não se tornar demasiado gananciosa.
>
> *Joseph Weizenbaum, 1976*

Carros "inteligentes", semáforos "inteligentes", cidades "inteligentes"; não são poucas as tentativas para, por meio da tecnologia, desatar o nó do trânsito das nossas cidades. As apostas em inovações ou soluções mágicas que, de uma hora para outra, poderiam simplesmente fazer o deslocamento massivo de carros e motos funcionar, não são poucas. Normalmente, ignoram soluções já conhecidas, como o transporte público coletivo e a mobilidade ativa.

Em meio às promessas, algumas das inovações mais recentes e suas possíveis contribuições chamam a atenção. Uma análise sobre carros "inteligentes" pode ser um bom ponto de partida para pensar caminhos, já que a possibilidade de termos veículos autônomos circulando no meio urbano é tida como certa e o tema está em alta. No Google Trends, as pesquisas sobre "carros inteligentes" atingiram o ápice no Brasil em junho de 2024. O interesse da população alimenta e é reforçado por recursos públicos, que subsidiam pesquisas e ações para tentar viabilizar e acelerar os avanços rumo ao futuro prometido, e por reportagens e coberturas especiais, que retroalimentam tal sonho. Gradualmente, forma-se um consenso, que serve de base para decisões políticas.

Peter Norton, professor de história da tecnologia no Departamento de Engenharia e Sociedade da Universidade da Virgínia, nos Estados Unidos, é um dos que se interessou em estudar a questão. Tido como um dos maiores especialistas sobre a evolução da indústria automobilística, ele já escreveu sobre o papel do setor na reconfiguração do espaço público de seu país (Norton, 2011), descrevendo como as redes de bonde e transporte sobre trilhos foram gradualmente desmanteladas para abrir espaço para políticas rodoviaristas a partir de processos de lobby, cooptação e criação de consensos que fizeram do automóvel, mais do que uma possibilidade, uma necessidade.

Atento a como o jogo é jogado, mapeou todas as vezes em que a indústria prometeu e anunciou carros "inteligentes", identificando ciclos em intervalos de 20 a 25 anos, período curto o suficiente para manter a esperança acesa, mas, ao mesmo tempo, distante o suficiente para que as pessoas não se lembrassem da frustração anterior. Nomeia os períodos de Futuramas, nome das feiras de tecnologia em que inovações futurísticas foram apresentadas. Em seu livro *Autonorama: uma história sobre carros "inteligentes", ilusões tecnológicas e outras trapaças da indústria automotiva* (Norton, 2023), o autor recupera o histórico de promessas vazias do setor para, em seguida, apresentar o Futurama atual, que ele chama de Autonorama. Argumenta, com base nos repetidos anúncios de que em breve teríamos carros sem motoristas nas cidades, que não há chances de tal perspectiva materializar-se de maneira massiva hoje sem um crítico custo ambiental, humano e social.

Norton questiona até mesmo o conceito de carros inteligentes. Começa argumentando que deveriam ser chamados, na realidade, de carros automatizados, já que veículos do tipo apenas seguem comandos prévios determinados por pessoas. Não são veículos autônomos por não se tratar de autonomia, que é a capacidade de tomar decisões próprias. Ninguém programa um carro para ser independente, pelo contrário, são máquinas incapazes de fazer qualquer ação que não a prevista pelos engenheiros e programadores que as desenvolveram.

A partir da premissa de que se trata de automação, em que as ações são determinadas, discorre sobre o papel dos dados que subsidiam e baseiam os algoritmos, para questionar mesmo o pressuposto de que são neutros. Brincando com o termo *data driven* em inglês, que pode ser traduzido como "conduzido por dados", ressalta que os dados também não tomam decisões (*data don't drive*), reforçando a ideia de que a busca e sistematização de informações também precede decisões humanas e políticas. As estatísticas dependem das perguntas feitas, do que se almeja identificar e catalogar.

As premissas são importantes não apenas para pensar carros inteligentes, mas o próprio papel da tecnologia em um contexto de deslumbramento com as possibilidades da inteligência artificial — que nada mais é do que o aprimoramento de sistemas de resposta baseado em comandos pré-estabelecidos a partir de quantidades gigantescas de informações acumuladas. Afinal, não se trata de ser contra a tecnologia pura e simplesmente, mas sim de diferenciar o que é tecnossolucionismo e o que são avanços reais.

Sobre o fluxo massivo e a capacidade crescente de armazenar informações, há, inclusive, quem trabalhe com a ideia de colonialismo de dados (Cassino; Souza; Silveira, 2021) ou colonialismo digital (Faustino; Lippold, 2023). Países do Sul Global hoje exportam dados primários, que são manufaturados e vendidos como soluções tecnológicas pelos países do Norte, em um processo que envolve o desenvolvimento e controle de infraestrutura das redes de comunicação e informação (Santini; Souza; Foletto, 2023).

No caso dos carros, Norton argumenta, ainda, que é simplesmente impossível garantir que os veículos automatizados possam circular em uma velocidade razoável com segurança, problematizando a necessidade de decisões rápidas em situações críticas e a impossibilidade de prever todos os riscos. No livro, ele lista episódios trágicos relacionados aos primeiros testes e operações com veículos do tipo nos Estados Unidos. É impossível, defende Norton, que carros automatizados circulem em uma velocidade que viabilize comercialmente seu uso massivo sem comprometer a segurança geral do trânsito. A Uber, uma das pioneiras, mesmo com fatalidades relacionadas aos testes, insiste que esse é o futuro e chegou a criar um braço denominado Uber AV anunciando em sua página na internet a missão de "reimaginar para melhor a forma como o mundo se move, e os veículos autónomos fazem parte dessa reimaginação".

Mesmo que um dia seja possível garantir segurança mínima para que carros rápidos sem motorista se multipliquem nos centros urbanos, Norton ressalta que a ideia de criar um transporte massivo fundamentado em veículos automatizados é inviável também em função de custos ambientais e sociais — questão também abordada por outros pesquisadores, como Paris Marx (2022). Insistir em manter a priorização de recursos para tentar viabilizar a circulação crescente de automóveis nas cidades simplesmente não vai dar certo, por mais "inteligentes" que sejam esses veículos.

O autor visitou São Paulo, Belo Horizonte e Recife ao lançar o livro no Brasil e problematizou inclusive a ideia de que a mera eletrificação dos carros não basta para minimizar a emergência ambiental, destacando que substituir o combustível dos carros não é suficiente para frear a grave crise socioambiental em curso. Ressaltou que a produção de baterias em série para alimentar tantos carros, automatizados ou não, só agrava o problema por depender de "zonas de sacrifício" atingidas pela mineração crescente dos minerais necessários (Santini, 2023a).

Uma das contribuições mais significativas para melhor dimensionar tal questão no Brasil é o mapeamento crítico *Em nome do clima: transição energética e financeirização da natureza*, organizado por Elisangela Soldateli Paim e Fabrina Pontes Furtado (2024), que apresenta em detalhes a evolução da extração de minerais estratégicos para o futuro que se desenha. O documento aponta, com base em levantamento detalhado de Pedro Catanzaro da Rocha Leão e Caroline Boletta de Oliveira Aguiar (2024), que "o lítio é uma das peças-chave para a transição energética, devido ao alto potencial de armazenamento das baterias de íon-lítio", e destaca que, apesar de haver sistemas de armazenamento em rede para energia gerada por eólicas ou painéis solares, com baterias maiores e mais eficientes, mas não economicamente vantajosas do ponto de vista financeiro, a "demanda maior ainda é para o setor automotivo". O que tem um impacto significativo, já que "uma bateria de 75 kw para um veículo particular contém de 7 kg a 13 kg de lítio". Para celulares e notebooks, para comparação, as baterias demandam entre 2 g e 10 g do mineral.

"Além disso, há preferência dos consumidores por carros SUV, que por sua vez demandam baterias maiores e consequentemente mais minerais", diz o documento, para defender que:

> é essencial problematizar a troca da frota de veículos particulares movidos a combustíveis fósseis por mais veículos particulares, mas agora elétricos. O abandono dos combustíveis fósseis e a eletrificação da economia devem acompanhar mudanças no modo de vida e consumo e de utilização do espaço urbano. Assim, abandonando a lógica de soluções individualistas, como o já mencionado caso dos SUVs, que demandam mais minerais, o ideal é pensar a descarbonização a partir de um projeto coletivo de sociedade, dando preferência para transportes públicos elétricos, ciclovias e melhorias na mobilidade urbana. (Leão; Aguiar, 2024)

O mapeamento inclui um quadro completo da extração no Brasil e aponta tendências preocupantes, diretamente relacionadas com a maneira como a mobilidade nas cidades está organizada. É especialmente crítica a situação do Vale do Jequitinhonha (MG), apresentado por Romeu Zema (NOVO-MG), governador de Minas Gerais, como o novo Vale do Lítio em um lançamento na bolsa de valores de Nova Iorque em maio de 2023. Destacando que os projetos de extração já em curso afetam comunidades rurais, indígenas e quilombolas e têm levado à poluição das águas, o levantamento afirma, a partir de casos concretos detalhados, que "esses processos, apesar de se pintarem de verde, perpetuam o racismo ambiental" (Leão; Aguiar, 2024). Zema pretende atrair investidores e acelerar o processo.

O texto problematiza que "por meio de práticas que legitimam a degradação ambiental e humana em nome do desenvolvimento 'sustentável', se naturaliza que [...] comunidades negras, indígenas e pequenos produtores(as) devem se sacrificar em prol de um benefício maior [...]" e conclui: "O racismo ambiental fica evidenciado na localização dos empreendimentos, não por coincidência sempre em territórios com populações tradicionais ou marginalizadas, na forma de atuação das empresas e do Estado, violando direitos básicos como o direito à consulta, e na deslegitimação e inferiorização dos saberes dessas populações" (Leão; Aguiar, 2024). O direito à consulta prévia livre e informada está previsto na Convenção n. 169 da OIT, da qual o Brasil é signatário (Glass, 2019).

A ideia de que, para a transição socioambiental se concretizar, são necessárias "zonas de sacrifício" deveria ser questionada, tanto a partir de um olhar sobre a maneira como a mineração está organizada quanto de uma preocupação em relação à destinação dos minerais extraídos. Peter Norton defende que a prioridade para uma transição adequada deveria ser encontrar maneiras de desestimular o uso do automóvel e substituí-lo por outros meios, invertendo a pirâmide de prioridades no trânsito. O autor afirmou, em entrevista à Agência Pública, que:

> Atualmente, no topo estão os carros e na base os pedestres; no meio dos dois, há o transporte público e as bicicletas. Essa é a pirâmide que herdamos nas últimas décadas, mas podemos invertê-la, colocando os pedestres no topo e os carros na base. A ordem de prioridade deve ser: pedestres primeiro, em segundo bicicletas (incluindo elétricas), depois outros tipos de micro mobilidade, seguidos por bondes, ônibus e trens elétricos e, por fim, os carros. (Gama, 2023)

Ainda em uma análise sobre tendências futuras, pensar a escala de prioridades ajuda a avaliar também os semáforos inteligentes, sistemas com câmeras que se espalham com velocidade nas cidades brasileiras. São programados para ler e regular o trânsito a partir das informações obtidas, o que pode ajudar a melhorar a circulação. Com base na leitura proposta por Norton, vale pensar de novo em quem se beneficia com a iniciativa. Se tais sistemas forem voltados apenas para automóveis, procurando otimizar e maximizar a capacidade das vias, o efeito pode ser bastante negativo para quem caminha ou pedala.

Não custa lembrar que, em boa parte do país, o tempo de travessia para pedestres já é insuficiente. Levantamento realizado pelo Instituto Corrida Amiga com base em informações de 170 travessias em 21 cidades de 6 estados estimou o tempo médio de espera do pedestre de 2 minutos e 11 segundos e o de travessia de 7 segundos. O estudo foi divulgado em junho de 2024 e serviu de mote para reportagem da TV Globo, que localizou, em São Paulo, travessias em que o pedestre tem que esperar 6 minutos e 45 segundos antes de cruzar (Cruz; Paschoalino, 2024). Tal demora simplesmente inviabiliza deslocamentos mais longos com as próprias pernas.

Não é de hoje o problema. Em 2018, quando a modernização dos semáforos começou a ser discutida, a Associação pela Mobilidade a Pé em São Paulo (Cidadeapé) já defendia que a administração municipal deveria preocupar-se em contabilizar o número de pessoas usando as vias, e não apenas o de veículos, considerar o fluxo de pessoas que cruza as ruas em cada travessia, rever os tempos necessários para que o cruzamento seja feito com segurança e estabelecer parâmetros voltados para todos os pedestres. Ou seja, não apenas basear-se na média, o que inclui preocupação com pessoas com dificuldade de locomoção. A organização aponta algo que é óbvio, mas costuma ser desconsiderado por quem planeja o trânsito: "todos devem ser capazes de atravessar as ruas com segurança, tranquilidade e dignidade" (Cidadeapé, 2018).

A prefeitura de São Paulo aposta alto na nova tecnologia e pretende espalhar semáforos que olham somente para os veículos, e não para as pessoas, por toda a cidade. A Companhia de Engenharia de Tráfego (CET) afirma que o tempo de travessia para pedestres não será alterado. O fato de a tecnologia não considerar o número de pedestres aguardando para atravessar e o montante destinado ao programa, que é de R$ 1,12 bilhão em sessenta meses, são, por si só, um sinal claro da escala de prioridades da administração municipal.

Até dá para entender o desespero em tentar melhorar a fluidez. Os índices de congestionamento em São Paulo só pioram. Em 22 de março de 2024, uma sexta-feira chuvosa, a cidade atingiu o recorde às 19h de 1.371 km de carros parados no trânsito em 20.000 km de vias monitoradas por meio de uma parceria com o Waze, da Google. Foi o segundo recorde ultrapassado no ano em meio a uma crescente de marcas altas, indicando uma tendência de piora no trânsito da maior metrópole do Brasil.

A parceria da multinacional de tecnologia com o poder municipal, que acontece não só em São Paulo, é outro tema que precisa ser problematizado. Normalmente, são acordos que fornecem dados importantes para o planejamento e monitoramento das cidades, mas também uma relação de dependência. É necessário pensar em questões como soberania digital, bem como o fato de que informações estratégicas são hoje controladas por empresas estrangeiras, em sistemas que operam sem possibilidade de controle público, auditagem e transparência. O ideal seria a criação de ferramentas e soluções públicas, de uso comum e livre, que facilitem e viabilizem o planejamento e acompanhamento das condições de trânsito, baseadas em melhorar as condições de vida da população. O Governo Federal tem não só a possibilidade, mas a responsabilidade de agir para viabilizar tal modernização. Não dá para pensar que municípios, mesmo os que têm mais recursos, construam soluções locais específicas, o que implica um alto custo para desenvolvimento e atualização.

A própria ideia de ampliar a vigilância, o controle e o monitoramento, com coleta massiva de dados em modelos comerciais como o de plataformas como Waze/Google, vem sendo questionada nos últimos anos. Como apontam Evgeny Morozov e Francesca Bria (2019), em uma crítica ao pacote vendido como Cidade Inteligente, será que não seria mais vantajoso investir em justiça do que em segurança, criando condições mais sustentáveis para ampliar a democracia e diminuir diferenças sociais?

Na ânsia de tentar viabilizar o impossível deslocamento de um número cada vez maior de carros e motos por meio de semáforos inteligentes, ampliação de vias e criação de motofaixas, a CET de São Paulo ignora o básico. Um ônibus cheio ocupa o mesmo espaço que três SUVs gigantes, dessas que viraram tendência no país, mas é capaz de transportar muito mais gente. Priorizar o transporte público coletivo é a melhor solução para viabilizar deslocamentos massivos cotidianos de pessoas. Isso para falar em medidas fáceis, que podem ser implementadas sem alterações estruturais e custos elevados, como sinalização de faixas exclusivas ou readequação dos limites de velocidade. Se incluirmos transporte sobre trilhos na conta, fundamentais para viabilizar deslocamentos massivos mais sustentáveis, as limitações da política atual tornam-se constrangedoras. A prioridade deveria ser outra.

A comparação entre espaço ocupado e tipo de veículo popularizou-se pelo compartilhamento de fotografias em que pessoas posam agrupadas conforme o tipo de veículo que seria utilizado, o que permite dimensionar bem a diferença de espaço desperdiçado quando o foco é nos automóveis.

Comparação do espaço ocupado por 69 pessoas em um ônibus ou em bicicletas com 60 pessoas em carros

Foto de Daniel Bowen, em Canberra, Austrália, para a Cycling Promotion Fund, em 9 de setembro de 2012. Reprodução autorizada pela © WeRide Australia

No Brasil, como parte do Dia Mundial Sem Carro, celebrado em 22 de setembro, um grupo organizou pessoas, carros, bicicletas e motos para registrar a mesma cena em Vitória, no Espírito Santo, em 2014 (Grupo, 2014). É uma foto que ilustra com precisão a diferença. Até dá para argumentar que a imagem congelada não inclui uma informação importante, que é a velocidade que cada alternativa apresenta. Porque uma via com carros acelerando como se não houvesse amanhã pode ser bastante eficiente também.

Além do impacto urbano que tais autopistas provocam e do efeito indutor que paradoxalmente provoca o aumento do trânsito, discutidos ao longo dos últimos capítulos, há, porém, outro fator a considerar. Onde os carros ficam após os deslocamentos? O espaço de estacionamento nem sempre é lembrado, algo que é parte da estrutura de poder no trânsito (Planka.nu, 2020).

Por que tanta gente tem dificuldade em entender o conceito de Passe Livre, mas nem questiona o estacionamento livre, que nada mais é do que o uso do espaço público por veículos privados? Espaço que poderia ser utilizado para outros fins, beneficiando a sociedade como um todo. Que tal criar mais faixas exclusivas de ônibus, trilhos para trens e bondes, ciclovias, substituindo o espaço que estimula e torna necessário o deslocamento motorizado individual? Que tal abrir espaço para pistas de corrida e caminhada, pequenas praças e locais de descanso, parquinhos infantis, minibibliotecas e outras estruturas públicas de uso comum em vez de ter carros estacionados em todos os cantos?

Cidades inteligentes são as que viabilizam a circulação privada de quem tem condições de adquirir e manter um veículo? Em um contexto em que as áreas centrais da cidade estão cada vez mais caras, a questão é especialmente importante. Se olharmos para a moradia em uma dimensão social, o espaço público desperdiçado para guardar automóveis assume contornos inaceitáveis. Na lógica da moradia e do transporte como mercadorias, e não como direitos, existe um processo de financeirização em curso que tem transformado com velocidade o planeta.

Assim como a disputa pela terra nas cidades assume novos contornos, em uma transformação que a urbanista Raquel Rolnik conta no livro *Guerra dos lugares: a colonização da terra e da moradia na era das finanças* (Rolnik, 2019), no transporte, mesmo com a crise, novas estratégias de financeirização ganham nova dimensão. Em São Paulo, por exemplo, o papel do novo aplicativo TOP nas redes metropolitanas, inclusive no sistema sobre trilhos, é chave para entender o potencial e o risco da combinação. Como escreve Isadora de Andrade Guerreiro (2021) em seu artigo "Tarifa Zero do futuro: Cidadania TOP-PIX", o novo sistema pensado para substituir o bilhete único "não é apenas um cartão de transporte, mas uma Conta Digital, operada pela fintech Pefisa, a financeira das Lojas Pernambucanas, com bandeira Mastercard". Ou seja, quem quer apenas se locomover sem ter um carro é forçado a adquirir um meio que também permite se endividar e consumir. Trata-se de uma nova fronteira para extrair lucro, por meio das redes de transporte.

O jogo de subsídios e adiantamentos de passagens por meio de repasses prévios do vale-transporte contribuiu, nas últimas décadas, para a formação de grupos empresariais que passaram a se valer de vantagens para atuar também no mercado financeiro e na construção civil, algo detalhado na tese já mencionada de André Veloso (2023).

Ou seja, hoje, empresas de transportes atuam também no mercado imobiliário, em uma combinação de interesses para maximizar a extração do lucro nas cidades. Isso em um contexto em que a busca por um teto torna-se cada vez mais difícil, com milhares de pessoas nas ruas. De 2013 a 2023 — mesmo período analisado neste livro em que o uso do transporte público encolheu e a motorização aumentou —, o número de pessoas em situação de rua saltou de 21.934 para 227.087, um aumento de 935%, considerados dados até agosto de 2023 registrados em estudo do Ipea com base em dados do CadÚnico (Cadastro Único) do governo federal (Natalino, 2024).

Não é possível isolar o debate sobre mobilidade do urbanismo. A multiplicação de carros mata as cidades, gerando ciclos viciosos. Para fugir da poluição, as pessoas adquirem carros ou se mudam e vão morar mais longe, mas o meio de transporte escolhido degrada novas áreas, forçando a uma expansão contínua e impossível, processo problematizado por André Gorz ainda no século passado ao falar da Ideologia Social do Automóvel (Gorz, 2010). Nas cidades brasileiras, sobram ilhas de privilégio em que vivem os mais ricos, em um processo de desigualdade planejada (Rolnik, 2022). Essas ilhas raramente são cortadas por autopistas urbanas quando engenheiros planejam as mudanças. Pelo contrário, costumam ser arborizadas e com boa estrutura para pedestres e ciclistas. Por que não é assim na cidade toda?

No Brasil, há autores de diferentes campos que procuraram aprofundar e contextualizar essa perspectiva, especialmente grave em um país com desigualdades sociais marcantes. A partir da engenharia e da sociologia, Eduardo Vasconcellos tensionou as limitações de se pensar em maximizar o número de veículos ao tratar de acessibilidade. Não como o termo é empregado hoje — para falar de acesso para cadeirantes e outras pessoas com necessidades especiais, o que é de suma importância —, mas sim para reforçar que o que importa não é apenas viabilizar deslocamentos cada vez mais longos, mas sim garantir que todos possam chegar aonde precisam (Vasconcellos, 2003). Ao olhar para a história da mobilidade em São Paulo, ele aponta que:

> enquanto os investimentos no sistema viário eram garantidos por recursos públicos da Prefeitura — baseado no mito de que o sistema viário é um bem de consumo coletivo —, os investimentos no sistema de transportes públicos ficaram condicionados à lógica do mercado financeiro. (Vasconcellos, 2003)

O processo culminou em uma crise que, ainda conforme o autor, abriu espaço para mudanças em que dois modelos distintos estão em disputa. Um baseado em reforçar o transporte individual, mais semelhante ao que acontece nos Estados Unidos, com o mercado definindo a acessibilidade a partir das condições financeiras de cada um, e outro que se fundamenta em "uma urbanização diferente, baseada na coordenação entre o uso do solo e os sistemas de transporte, com predominância de meios públicos de transporte" (Vasconcellos, 2003).

Ainda segundo Vasconcellos, este modelo alternativo:

> pressupõe uma distribuição mais equitativa da acessibilidade, mobilidade para todos. Ele implica na reversão da tendência de aumento da participação do transporte individual, com a geração de um sistema de transportes mais equilibrado, equitativo e sustentável, à semelhança da maioria dos países europeus. Ele pressupõe portanto que o sistema viário deve ser construído e operado de modo a servir prioritariamente os meios públicos de transporte e a garantir eficiência para o tráfego geral ordenado segundo os novos princípios de divisão do espaço. Ele requer consequentemente o fortalecimento institucional, financeiro e operacional dos sistemas de transporte público, como suporte e orientação do desenvolvimento urbano e regional. (Vasconcellos, 2003)

Rever a priorização de investimentos é essencial para alterar toda a lógica vigente em um cenário que pode se agravar nas próximas décadas. Essa perspectiva abre espaço para ampliar investimentos e subsidiar ainda mais, parcial ou integralmente, as redes de transporte público coletivo. A dimensão social da questão não pode ser ignorada.

No urbanismo, Flávio Villaça conectou questões como localização e tempo despendido para tratar da segregação urbana:

> Em essência, o objetivo da segregação urbana é a minimização dos tempos de deslocamento associados ao exercício das diversas atividades urbanas, sejam elas produtivas ou não. É

> impossível eliminar esse tempo, então as classes sociais disputam ferrenhamente sua otimização, aprimorando e disputando os meios de transportes, tanto os veículos como as vias e sua gestão. (Villaça, 2015)

Na contenda em curso, Villaça aponta, também ressaltando o caráter político da discussão envolvendo a mobilidade, que:

> as classes mais poderosas manipulam, assim, a formidável infraestrutura voltada para o automóvel, seja física (rodovias, rodoanéis, estacionamentos privativos etc.), seja humana (fiscais, multas, radares, "marronzinhos", Departamentos de Operação do Sistema Viário, Departamento Estadual de Trânsito, mão e contramão de ruas, Zona Azul etc.). É verdade que essa parafernália de recursos físicos e financeiros não é voltada exclusivamente para o transporte individual (serve também para empresas e transportadoras em geral), mas é inegável que esses recursos são majoritariamente destinados a facilitar o uso do automóvel. [...] Há várias disputas que se manifestam na luta de classes em torno do tempo de deslocamento. A disputa é entre, de um lado, o transporte público/coletivo e, de outro, o transporte individual/privado e, obviamente, entre os recursos humanos e financeiros a eles destinados, seja às suas estruturas físicas (vias expressas *versus* metrô; rodoanel ou rodovias *versus* ferrovias), seja ao seu financiamento. Tudo isso disputando recursos públicos, sob o comando da classe dominante. (Villaça, 2015)

A Tarifa Zero pode ampliar justamente a capacidade de acesso de uma população hoje marginalizada. Na perspectiva da mobilidade como direito, e não como mercadoria, contra a ideia de mobilidade desigual, não basta disponibilizar redes, mas, mais do que isso, é preciso garantir condições para sua utilização efetiva, como explica Silvana Zioni:

> não se trata apenas do deslocamento, mas também da possibilidade de realizar o movimento; ou mesmo, da potencialidade e da virtualidade do deslocamento. [...]. Sendo assim, a mobilidade urbana não se vale tanto das infraestruturas e sistemas de transportes existentes quanto das condições de sua utilização e oferta. E, portanto, a mobilidade seria desigual por diferentes práticas, assim acentuando as desigualdades territoriais. (Zioni, 2022)

Esse olhar multidisciplinar, não apenas a partir de um viés técnico, mas considerando variáveis políticas, sociais, ambientais e humanas, é cada vez mais forte. Há um novo grupo de pesquisadores e pesquisadoras que estuda a mobilidade a partir de diferentes áreas do conhecimento. Áreas como urbanismo, economia, sociologia e ciência política, entre outras, devem ser consideradas e podem trazer contribuições significativas para o debate. Há uma dimensão política fundamental em cada escolha.

Antes restritas a engenheiros e técnicos, as políticas de transporte têm sido cada vez mais, no Brasil e no mundo, entendidas como um tema transversal. As escolhas e decisões sobre prioridades e estratégias afetam e envolvem diferentes áreas de conhecimento e devem ser analisadas sob um prisma plural. As mudanças da rota de uma linha de ônibus, a construção de sistemas sobre trilhos e a ampliação de avenidas afetam a economia, a dinâmica das cidades e a vida das pessoas.

Com as políticas tarifárias e a gestão não é diferente. Decisões sobre a operação afetam e são afetadas por múltiplos fatores. O preço da passagem é chave para viabilizar (ou não), por exemplo, o acesso à saúde pública, à educação, aos equipamentos de lazer e à cultura das cidades. Não faltam exemplos concretos de como as decisões relacionadas ao funcionamento das redes de transporte impactam diretamente a vida das pessoas.

Por que seguir construindo e expandindo avenidas, viadutos, rodoanéis, novas marginais nas várzeas de rios? São obras que custam milhões — por vezes até bilhões — e que exigem investimentos constantes em manutenção, tornando as cidades reféns de políticas que atendem e abrem espaço para mais e mais motoristas, gerando um ciclo de impactos e externalidades negativas que consome os orçamentos públicos. Por que ainda provoca tanto estranhamento falar em subsidiar sistemas de transporte coletivo, mas não há questionamentos iguais quando se anunciam projetos rodoviaristas?

Por que quem entra em um ônibus e não tem dinheiro para pagar a passagem ainda pode ser preso no Brasil, conforme o ultrapassado e caduco artigo 176 do Código Penal, e quem comete infrações graves dirigindo muitas vezes nem se preocupa com a Lei?

Pensar no futuro e na tecnologia não deveria envolver só a preocupação com equipamentos eletrônicos, aplicativos e soluções mágicas. Existem caminhos possíveis mesmo sem grandes invenções. A Tarifa Zero pode ser uma das chaves para a revalorização do transporte público, em uma nova fase da mobilidade no Brasil. Não se trata de apenas tornar os deslocamentos mais eficientes, mas, mais que isso, revolucionar o espaço urbano, melhorando a qualidade de vida e reduzindo a poluição. A questão ambiental não é menor no contexto de emergência climática que atravessamos.

Por que não pensar na Tarifa Zero como uma tecnologia social (Santini, 2022) em vez de apostar no tecnossolucionismo com carros inteligentes, semáforos inteligentes ou cidades inteligentes? Por que não imaginar outros futuros, que não o dominado por automóveis, e investir em melhorar as condições para o uso do transporte público coletivo e da mobilidade ativa?

É possível sonhar com um futuro diferente? Ou é apenas uma utopia?

UM EPÍLOGO SOLARPUNK

UM EPÍLOGO SOLARPUNK

> Possibilidade é conteúdo, potência é energia e poder é forma. Chamamos possibilidade um conteúdo inscrito na constituição do mundo presente, imanência do possível. Possibilidade nunca é apenas uma, é sempre plural, as possibilidades inscritas na constituição presente do mundo não são infinitas, mas são muitas. O campo de possibilidades não é infinito, porque o possível é limitado pelas necessidades e incompossibilidades inscritas no presente. Apesar disso, é plural, é um campo de bifurcações.
>
> *Franco Berardi, Depois do futuro, 2019*

São Paulo, 2054. Maria caminha sobre a passarela metálica que conecta as duas margens do rio Pinheiros. Custa a crer que a estrutura foi construída com o metal que sobrou das últimas catracas dos ônibus municipais de São Paulo. Com um desenho ousado, o arco tem uma curva aguda, de modo a permitir que os barcos do novo sistema de transporte fluvial cortem o rio com a agilidade devida.

Toda a rede de mobilidade está integrada. As duas ciclovias do Pinheiros que seguem nas duas margens e agora acompanham também as marginais do rio Tietê foram a base para o anel cicloviário da cidade. Conectado em diferentes pontos por cicloavenidas espaçosas, arborizadas e seguras, o círculo tornou-se uma referência importante, abrindo caminho para a instalação gradual de minicírculos internos e cicloestradas conectando o litoral e o interior. Maria respira fundo, o cheiro do rio é bom.

Desde que o projeto de Tarifa Zero teve início, houve uma verdadeira transformação na lógica da cidade. O plano de implementação, com redução gradual do valor das tarifas e medidas para desestimular o uso de automóveis e motos, foi decisivo. Aos poucos, a proporção de pessoas usando transporte público coletivo aumentou, revertendo uma tendência de encolhimento que marcou as duas primeiras décadas do século XXI.

Surgiram as bicicletas compartilhadas gratuitas, o transporte fluvial e novas conexões no transporte sobre trilhos, com as redes de metrô e trens agora conectadas com bondes em todos os cantos das cidades. Os ônibus, trens, metrôs e barcas que compõem a Rede Metropolitana de Mobilidade são todos gratuitos, custeados pelo poder público, responsável pela gestão da rede integrada. O sistema é intermunicipal e conta com recursos municipais, estaduais e federais.

Entre quem opta por se deslocar por conta própria, há os que vão trabalhar remando ou nadando pelos rios, há os que correm e há os que pedalam. Há espaço amplo para exercícios, e o caminho que leva até as atividades diárias, mais do que uma rotina enfadonha, tornou-se um passeio para boa parte da população.

O número e o uso de carros e motos foi minguando, algo impensável pouco tempo atrás. Hoje são poucos, normalmente usados em situações especiais, emergências ou por quem tem dificuldades de locomoção.

Os primeiros resultados foram imediatos. O número de internações de crianças e pessoas mais velhas despencou. As doenças respiratórias deixaram de fazer tantas vítimas como em todo inverno até então. A cidade voltou a respirar.

As árvores também ajudam e cada primavera é uma mistura boa de cheiro das flores. Ao lado do rio, há um pomar e tem gente nadando. Micos pulam entre as árvores, abelhas zanzam entre as flores e Maria morde uma maçã, pensativa.

A quantidade de pessoas mortas no trânsito também caiu drasticamente. As medidas de acalmamento de tráfego, o novo design das ruas com redução do espaço para os carros, a multiplicação de árvores, os novos calçadões espalhados por toda a cidade e o fechamento das avenidas urbanas mudou tudo. É difícil lembrar e mesmo entender como a gente se acostumou com tantas mortes.

Ela caminha pela Passarela das Catracas Fundidas pensando. Anda devagar até o Memorial do Apocalipse Motorizado (Ludd, 2005). Seus pés estão firmes, ela chora com uma mistura de saudade e alívio. Seus pais e avós estão lá, dois atropelados, dois esmagados em ferros retorcidos em uma colisão estúpida. Todos vítimas de um jeito antigo de pensar. Seus antepassados estão lá.

Suas filhas não estarão.

ANEXO

RELAÇÃO DE CIDADES COM TARIFA ZERO

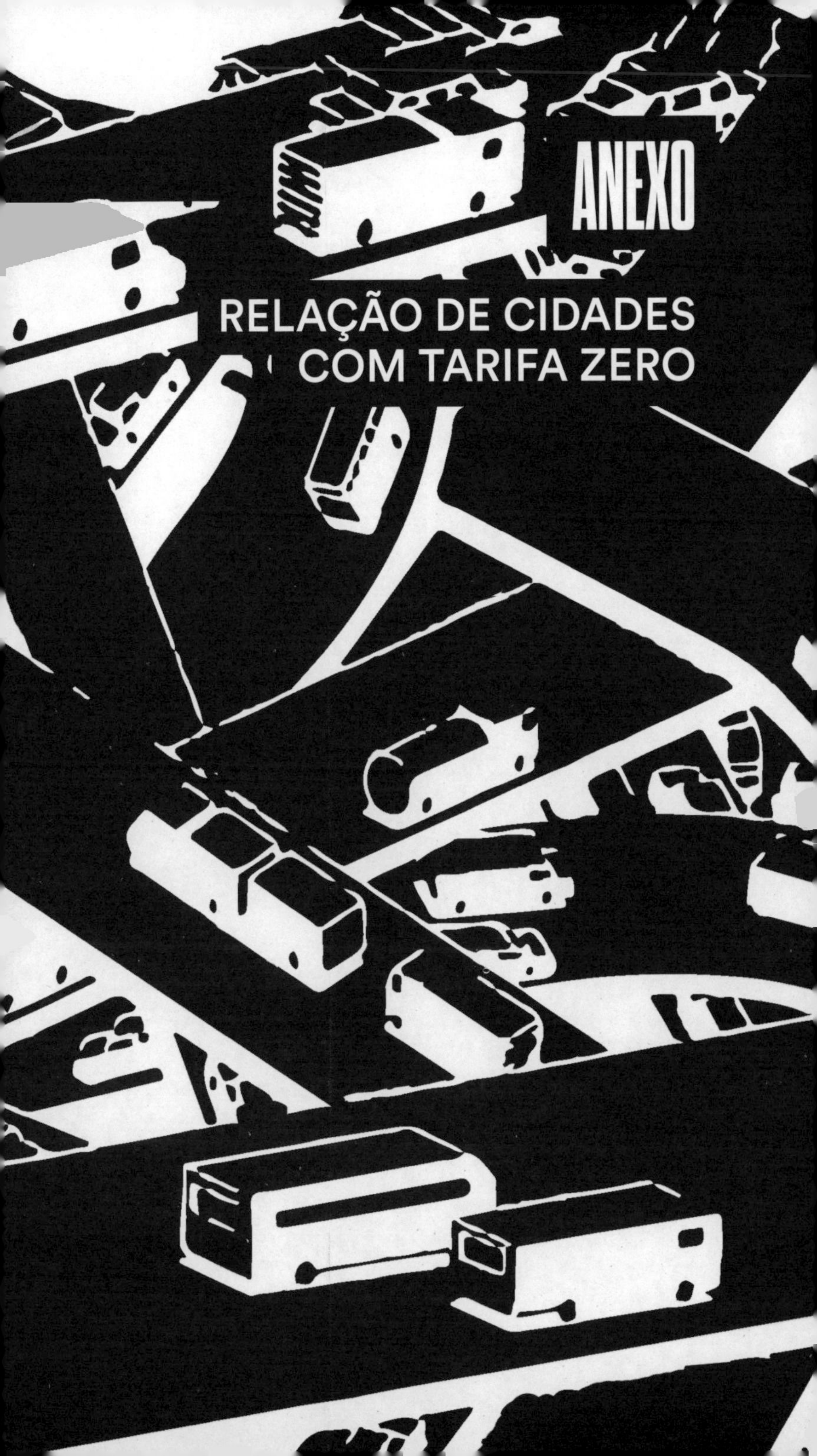

ANEXO: RELAÇÃO DE CIDADES COM TARIFA ZERO

A relação de cidades com Tarifa Zero universal no Brasil é atualizada regularmente pelo autor a partir de mapeamento de caráter colaborativo. A seguir, estão as 116 cidades com Tarifa Zero universal nas redes de transporte público coletivo em redes de ônibus identificadas até o fim do primeiro semestre de 2024, com ano de adoção e código IBGE. A base é aberta e de uso livre e uma versão atualizada da planilha e do mapa gerado a partir dela pode ser consultada a partir das referências (Santini, 2024a; 2024b; 2024c).

#	Cidades com Tarifa Zero universal no Brasil	Estado	População (Censo 2022)	Início	Código IBGE
1	Caucaia	CE	355.679	2021	2303709
2	Canoas	RS	347.657	2024	4304606
3	Luziânia	GO	209.129	2023	5212501
4	Maricá	RJ	197.300	2014	3302700
5	Ibirité	MG	170.387	2023	3129806
6	São Caetano do Sul	SP	165.655	2023	3548807
7	Itapetininga	SP	157.790	2023	3522307
8	Paranaguá	PR	145.829	2022	4118204
9	Balneário Camboriú	SC	139.155	2023	4202008
10	Formosa	GO	115.669	2021	5208004
11	Ituiutaba	MG	102.217	2023	3134202
12	Assis	SP	101.409	2021	3504008
13	Itapeva	SP	89.728	2021	3522406
14	Cacoal	RO	86.895	2023	1100049
15	Aquiraz	CE	80.243	2018	2301000
16	Cianorte	PR	79.527	2023	4105508

17	Lins	SP	74.779	2023	3527108
18	Eusébio	CE	74.170	2011	2304285
19	Araranguá	SC	71.922	2023	4201406
20	Monte Mor	SP	64.662	2023	3531803
21	Mariana	MG	61.387	2022	3140001
22	Batatais	SP	58.402	2013	3505906
23	Porto Feliz	SP	56.497	2023	3540606
24	Pirapora	MG	55.606	2022	3151206
25	Santa Isabel	SP	53.174	2023	3546801
26	Piedade	SP	52.970	2023	3537800
27	Campo Belo	MG	52.277	2019	3111200
28	Parobé	RS	52.058	2022	4314050
29	Guapimirim	RJ	51.696	2023	3301850
30	Arthur Nogueira	SP	51.456	2021	3503802
31	Lagoa da Prata	MG	51.412	2021	3137205
32	Leopoldina	MG	51.145	2023	3138401
33	Vargem Grande Paulista	SP	50.333	2019	3556453
34	Jales	SP	48.776	2023	3524808
35	Palmas	PR	48.247	2022	4117602
36	Monte Carmelo	MG	47.689	1994	3143104
37	Capão Bonito	SP	46.337	2023	3510203
38	Casimiro de Abreu	RJ	46.110	2023	3301306
39	São Lourenço	MG	44.798	2022	3163706
40	Cerquilho	SP	44.695	2020	3511508
41	Itararé	SP	44.438	2021	3523206
42	Mata de São João	BA	42.566	2023	2921005
43	Arcos	MG	41.417	2022	3104205
44	Paracambi	RJ	41.375	2023	3303609
45	Matinhos	PR	39.259	2022	4115705
46	São Fidélis	RJ	38.961	2024	3304805
47	Brumadinho	MG	38.915	2023	3109006
48	Caeté	MG	38.776	2021	3110004
49	Ouro Branco	MG	38.724	2022	3145901
50	Machado	MG	37.684	2024	3139003

51	Agudos	SP	37.680	2002	3500709
52	Tietê	SP	37.663	2023	3554508
53	Rio Branco do Sul	PR	37.558	2022	4122206
54	Sarzedo	MG	36.844	2023	3165537
55	São João da Barra	RJ	36.573	2018	3305000
56	Piumhi	MG	36.062	2023	3151503
57	São Joaquim de Bicas	MG	34.348	2021	3162922
58	Portão	RS	34.071	2022	4314803
59	Pitanga	PR	33.567	2012	4119608
60	Ivaiporã	PR	32.720	2001	4111506
61	Ibaté	SP	32.178	2023	3519303
62	Forquilhinha	SC	31.431	2023	4205456
63	Tanguá	RJ	31.086	2021	3305752
64	Claudio	MG	30.159	2021	3116605
65	Garopaba	SC	29.959	2023	4205704
66	Ibaiti	PR	28.830	2017	4109708
67	Conchal	SP	28.101	2017	3512209
68	Balneário Piçarras	SC	27.127	2023	4212809
69	São José da Lapa	MG	26.090	2024	3162955
70	Costa Rica	MS	26.037	2021	5003256
71	Ilha Solteira	SP	25.549	2010	3520442
72	Bombinhas	SC	25.058	2022	4202453
73	Santa Rita do Passa Quatro	SP	24.833	2017	3547502
74	Dois Córregos	SP	24.510	2015	3514106
75	Taquarituba	SP	24.350	2022	3553807
76	Quatro Barras	PR	24.191	2022	4120804
77	Goiás	GO	24.071	2021	5208905
78	Carambeí	PR	23.283	2023	4104659
79	Abaeté	MG	22.675	1997	3100203
80	Muzambinho	MG	21.891	2011	3144102
81	Araçariguama	SP	21.522	2021	3502754
82	Tambaú	SP	21.435	2022	3553302
83	Silva Jardim	RJ	21.352	2014	3305604
84	Conceição de Macabu	RJ	21.104	2023	3301405

85	Cantagalo	RJ	19.390	2024	3301108
86	Wenceslau Braz	PR	19.188	2008	4128500
87	Anicuns	GO	18.503	2014	5201306
88	Potirendaba	SP	18.496	1998	3540804
89	Pirapora do Bom Jesus	SP	18.370	2020	3539103
90	Morretes	PR	18.309	2024	4116208
91	Nazaré Paulista	SP	18.217	2023	3532405
92	Antonina	PR	18.091	2024	4101200
93	Alumínio	SP	17.301	2019	3501152
94	Carmo	RJ	17.198	2023	3301207
95	Governador Celso Ramos	SC	16.915	2023	4206009
96	Macatuba	SP	16.829	2004	3528007
97	Faxinal	PR	16.389	2001	4107603
98	São Lourenço da Serra	SP	15.984	2021	3549953
99	Mario Campos	MG	15.861	2014	3140159
100	Conchas	SP	15.232	1992	3512308
101	Holambra	SP	15.119	2007	3519055
102	Clevelândia	PR	15.070	2023	4105706
103	Itaporanga	SP	14.085	2015	3522802
104	Morungaba	SP	13.788	2019	3532009
105	Presidente Kennedy	ES	13.696	2009	3204302
106	Itatiaiuçu	MG	12.966	2015	3133709
107	Arceburgo	MG	9.177	2019	3104106
108	Comendador Levy Gasparian	RJ	8.741	2020	3300951
109	Belo Vale	MG	8.627	2023	3106408
110	Aruanã	GO	8.300	2008	5202502
111	Dourado	SP	8.096	2014	3514304
112	São José da Barra	MG	7.793	2018	3162948
113	São Sebastião do Alto	RJ	7.750	2023	3305307
114	Pedro Osório	RS	7.484	2018	4314209
115	Jeceaba	MG	6.197	2013	3135407
116	Santana do Deserto	MG	3.747	2021	3158607

REFERÊNCIAS

ABL - ACADEMIA BRASILEIRA DE LETRAS. **Necropolítica**. Disponível em: https://www.academia.org.br/nossa-lingua/nova-palavra/necropolitica.

ABNT - ASSOCIAÇÃO BRASILEIRA DE NORMAS TÉCNICAS. **NBR 15570**: fabricação de veículos acessíveis de categoria M3 com características urbanas para transporte coletivo de passageiros: especificações técnicas. Rio de Janeiro, 2021. [ISBN 978-85-07-08612-3].

ANDRÉS, Roberto. **A razão dos centavos**: crise urbana, vida democrática e as revoltas de 2013. São Paulo: Companhia das Letras, 2023. [ISBN 978-65-5979-109-5].

ANG, Amanda; CHRISTENSEN, Peter; VIEIRA, Renato. Should Congested Cities Reduce Their Speed Limits? Evidence from São Paulo, Brazil. **Journal of Public Economics**, v. 184, 2020. DOI: 10.1016/j.jpubeco.2020.104155. Disponível em: https://www.sciencedirect.com/science/article/abs/pii/S0047272720300190.

ASQUINI, Alexandre (ed.). **Anuário do Ônibus e da Mobilidade Urbana 2024**. São Paulo: OTM, v. 32, 2024. Disponível em: https://acervodigitalotm.com.br/magazines/1284.

AUGUSTIN, André Coutinho. Os 150 anos de transporte público que não serão comemorados nos 250 anos de Porto Alegre. **Boletim Semanal**. Porto Alegre: Observatório das Metrópoles, n. 726 Especial: Porto Alegre 250 anos: desenvolvimento e os rumos da metrópole, 24 mar. 2022. Disponível em: https://www.observatoriodasmetropoles.net.br/boletins/especial-porto-alegre-250-anos-desenvolvimento-e-os-rumos-da-metropole.

BELÉM. Prefeitura. Dados operacionais do Sistema de Ônibus no Município de Belém - 2013 a 2023. **Belém em Números**: Mobilidade Urbana, 17 abr. 2024. Disponível em: https://numeros.belem.pa.gov.

br/mobilidade-urbana/dados-operacionais-do-sistema-de-onibus-no-municipio-de-belem-2013-a-2021.

BERARDI, Franco. **Depois do futuro**. Tradução Regina Silva. São Paulo: Ubu Editora, 2019. [ISBN 978-85-71260-21-4. Coleção "Exit"].

BNEGÃO & OS SELETORES DE FREQUÊNCIA. **Enxugando Gelo**. Brasília: Bnegão; Andréia Leblon, 2003.

BOBBY BANERJEE, Subhabrata. Necrocapitalism. **Organization Studies**, v. 29, n. 12, p. 1.541-1.563, 2008. Disponível em: http://journals.sagepub.com/doi/10.1177/0170840607096386.

BOLSONARO: "Alguns vão morrer, é a vida". **Correio Braziliense**, 28 mar. 2020. Disponível em: https://www.correiobraziliense.com.br/app/noticia/politica/2020/03/28/interna_politica,840845/bolsonaro-alguns-vao-morrer-e-a-vida.shtml.

BRANDÃO, Ignácio de Loyola. **Não verás país nenhum**. Rio de Janeiro: Codecri, 1981.

BRASIL. Câmara dos Deputados. **Projeto de Lei n. 2.789/2023**. Altera a Lei n. 9.503, de 23 de setembro de 1997, que instituiu o Código de Trânsito Brasileiro (CTB), modificando o Artigo 61, que determina as velocidades em vias urbanas e rurais, o Artigo 218, que estabelece a fiscalização de velocidades e o Artigo 280, que prevê as autuações por excesso de velocidade. [2023a]. Disponível em: https://www.camara.leg.br/proposicoesWeb/fichadetramitacao?idProposicao=2365133.

BRASIL. Câmara dos Deputados. **Projeto de Lei n. 2.928/2022**. Dispõe sobre a gratuidade do transporte público coletivo de passageiros durante o período de realização de eleições. [2022a]. Disponível em: https://www.camara.leg.br/proposicoesWeb/prop_mostrarintegra?codteor=2226373.

BRASIL. Câmara dos Deputados. **Proposta de Emenda Constitucional n. 25/2023**. Acrescenta o Capítulo IX ao Título VIII para oferecer diretrizes sobre o direito social ao transporte previsto no art. 6º e sobre o Sistema único de Mobilidade e autoriza a União, Distrito

Federal e Municípios a instituírem contribuição pelo uso do sistema viário, destinada ao custeio do transporte público coletivo urbano. [2023b]. Disponível em: https://www.camara.leg.br/proposicoesWeb/fichadetramitacao?idProposicao=2362526.

BRASIL. Câmara dos Deputados. **Requerimento de Criação de Frente Parlamentar n. 2.119/2023**. Requer o registro da Frente Parlamentar em Defesa da Tarifa Zero - Transporte Público Gratuito e de Qualidade. [2023c]. Disponível em: https://www.camara.leg.br/proposicoesWeb/fichadetramitacao?idProposicao=2371700.

BRASIL. **Emenda Constitucional n. 90, de 15 de setembro de 2015**. Dá nova redação ao art. 6º da Constituição Federal, para introduzir o transporte como direito social. Disponível em: https://www.planalto.gov.br/ccivil_03/constituicao/Emendas/Emc/emc90.htm.

BRASIL. **Lei n. 12.587, de 3 de janeiro de 2012**. Institui as diretrizes da Política Nacional de Mobilidade Urbana. Disponível em: https://www.planalto.gov.br/ccivil_03/_ato2011-2014/2012/lei/l12587.htm.

BRASIL. Ministério dos Transportes. Secretaria Nacional de Trânsito. **Estatísticas**: frota de veículos. 26 fev. 2024. [2024a]. Disponível em: https://www.gov.br/transportes/pt-br/assuntos/transito/conteudo-Senatran/estatisticas-frota-de-veiculos-senatran.

BRASIL. Presidência da República. **Projeto de Lei Complementar n. 12, de 2024**. Dispõe sobre a relação de trabalho intermediado por empresas operadoras de aplicativos de transporte remunerado privado individual de passageiros em veículos automotores de quatro rodas e estabelece mecanismos de inclusão previdenciária e outros direitos para melhoria das condições de trabalho. [2024b]. Disponível em: https://www.planalto.gov.br/CCIVIL_03/Projetos/Ato_2023_2026/2024/PLP/plp-012.htm.

BRASIL. Senado. **Projeto de Lei n. 2.776, de 2022**. Altera a Lei n. 6.091, de 15 de agosto de 1974, para instituir passe livre no transporte coletivo interestadual e no transporte coletivo interestadual semiurbano em datas de eleições. [2022b]. Disponível em: https://www25.senado.leg.br/web/atividade/materias/-/materia/155107.

BRASIL. Supremo Tribunal Federal. **Súmula Vinculante 19**. A taxa cobrada exclusivamente em razão dos serviços públicos de coleta, remoção e tratamento ou destinação de lixo ou resíduos provenientes de imóveis não viola o artigo 145, II, da Constituição Federal. DJE 10 nov. 2009. Disponível em: https://portal.stf.jus.br/jurisprudencia/sumariosumulas.asp?base=26&sumula=1248.

BRAUN, Daniela. Prosus adquire controle total do iFood por até R$ 9,4 bilhões. **Valor Econômico**, 19 ago. 2022. Disponível em: https://valor.globo.com/empresas/noticia/2022/08/19/prosus-adquire-controle-total-do-ifood-por-at-r-94-bilhes.ghtml.

CALDEIRA, Teresa Pires do Rio. **Cidade de muros**: crime, segregação e cidadania em São Paulo. São Paulo: Edusp, Ed. 34, 2016.

CALEJON, Victor Henrique. **Do passe livre estudantil à tarifa zero**. Florianópolis: Insular, 2021. [ISBN 978-65-88401-83-5].

CAMPOS, Marcos; SANTINI, Daniel. Os sentidos da gratuidade universal no Brasil. In: LAVALLE, Adrian; DOWBOR, Monika; SZWAKO, José. **Institucionalização simbólica nas interações socioestatais**. Rio de Janeiro: EdUERJ, 2024. [No prelo].

CARIBÉ, Daniel Andrade. **Tarifa Zero**: mobilidade urbana, produção do espaço e direito à cidade. Orientador: Angelo Szaniecki Perret Serpa. Tese (Doutorado em Arquitetura e Urbanismo) – Faculdade de Arquitetura, Universidade Federal da Bahia, Salvador, 2021. Disponível em: https://repositorio.ufba.br/handle/ri/32615.

CAROLA Rackete é candidata da Die Linke para o Parlamento Europeu (entrevista). **Fundação Rosa Luxemburgo**, 23 abr. 2024. Disponível em: https://rosalux.org.br/carola-rackete-e-candidata-do-die-linke-para-o-parlamento-europeu.

CARVALHO, Carlos Henrique Ribeiro de; GUEDES, Erivelton Pires. Balanço da primeira década de ação pela segurança no trânsito no Brasil e perspectivas para a segunda década. **Nota Técnica**. Brasília, DF: Ipea: Dirur, n. 42, nov. 2023. Disponível em: https://repositorio.ipea.gov.br/bitstream/11058/12250/4/NT_42_Dirur_Balanco.pdf.

CASALDÁLIGA, Pedro. **Antologia retirante**. Rio de Janeiro: Civilização Brasileira, 1978.

CASSINO, João Francisco; SOUZA, Joyce; SILVEIRA, Sérgio Amadeu da. (org.). **Colonialismo de dados**: como opera a trincheira algorítmica na guerra neoliberal. São Paulo: Autonomia Literária, 2021.

CAYLÀ, Joan et al. Epidemiological evolution and economic impact of the COVID-19 pandemic in the European Union and worldwide and effects of control strategies on them: An ecological study. **Medicina de Familia. SEMERGEN**, v. 50, n. 6, p. 102274, 2024. Disponível em: https://www.sciencedirect.com/science/article/pii/S1138359324000844.

CET – COMPANHIA DE ENGENHARIA DE TRÁFEGO. **Acidentes de trânsito**: relatório anual 2021. São Paulo: CET, ago. 2022. Disponível em: https://www.cetsp.com.br/media/1347066/Relatorioanual2021.pdf.

CET – COMPANHIA DE ENGENHARIA DE TRÁFEGO. **Acidentes de trânsito**: relatório anual: 2018. São Paulo: CET, abr. 2019. Disponível em: https://www.cetsp.com.br/media/866316/relatorio-anual-2018-versao-28-05.pdf.

CET – COMPANHIA DE ENGENHARIA DE TRÁFEGO. **Acidentes de trânsito**: relatório anual: 2019. São Paulo: CET, abr. 2020. Disponível em: https://www.cetsp.com.br/media/1058619/2019.pdf.

CET – COMPANHIA DE ENGENHARIA DE TRÁFEGO. **Acidentes de trânsito**: relatório anual: 2020. São Paulo: CET, maio 2021. Disponível em: https://www.cetsp.com.br/media/1143350/RelatorioAnual2020.pdf.

CET – COMPANHIA DE ENGENHARIA DE TRÁFEGO. **Mapa de Infraestrutura Cicloviária**. São Paulo: CET, 2024a. Disponível em:

https://www.cetsp.com.br/consultas/bicicleta/mapa-de-infraestrutura-cicloviaria.aspx.

CET – COMPANHIA DE ENGENHARIA DE TRÁFEGO. **Relatórios corporativos**. São Paulo: CET, 2024b. Disponível em: https://www.cetsp.com.br/sobre-a-cet/relatorios-corporativos.aspx.

CHENG, M. Inflation is helping Uber. **Yahoo!**, 8 fev. 2023. Disponível em: https://finance.yahoo.com/news/inflation-helping-uber-220900101.html.

CICLOCIDADE, Associação dos Ciclistas Urbanos de São Paulo. **Auditoria Cidadã 2022 da Estrutura Cicloviária de São Paulo**. São Paulo: Ciclocidade, 2022. [ISBN 978-65-992580-6-0]. Disponível em: https://www.ciclocidade.org.br/wp-content/uploads/2022/07/Auditoria-Cidada-Estrutura-Cicloviaria-SP-2022.pdf.

CIDADEAPÉ. **Precisamos pensar a rede de semáforos para as pessoas**. 14 mar. 2018. Disponível em: https://cidadeape.org/2018/03/14/precisamos-pensar-a-rede-de-semaforos-para-as-pessoas.

COALIZÃO TRIPLO ZERO. **Mas por que Triplo Zero?** 2024. Disponível em: https://mobilidadetriplozero.org.

CRUZ, Felipe; PASCHOALINO, Ronaldo. Pedestre espera mais de 4 minutos para o semáforo abrir e tem apenas seis segundos para atravessar na Zona Sul de SP. **G1**, 24 jun. 2024. Disponível em: https://g1.globo.com/sp/sao-paulo/noticia/2024/06/24/pedestre-espera-mais-de-4-minutos-para-semaforo-abrir-e-tem-apenas-seis-segundos-para-atravessar-na-zona-sul-de-sp.ghtml.

CURITIBA. Prefeitura discute custos do transporte coletivo e novo modelo de concessão com vereadores. **Notícias**, 2023. Disponível em: https://www.curitiba.pr.gov.br/noticias/prefeitura-discute-custos-do-transporte-coletivo-e-novo-modelo-de-concessao-com-vereadores/68455.

CURITIBA. Urbanização de Curitiba S/A (URBS). **Rede Integrada de Transporte**, 2024. Disponível em: https://www.urbs.curitiba.pr.gov.br/transporte/rede-integrada-de-transporte.

DAI, Tianxing; ZHENG, Hongyu; NIE, Marco. Is Fare Free Transit Just? Quantifying the Impact of Moral Principles on Transit Design and Finance. **Preprint submitted to Elsevier**, 29 maio 2024. Disponível em: https://papers.ssrn.com/abstract=4847502.

DANTAS, Dimitrius. Haddad compara pedido por tarifa zero com ida à Disney. **O Globo**, 21 jan. 2016. Disponível em: https://oglobo.globo.com/politica/haddad-compara-pedido-por-tarifa-zero-com-ida-disney-18517997.

DELLHEIM, J. Por um debate mais transformador sobre a Tarifa Zero: reflexões para o estudo com base na discussão do tema, principalmente em inglês e alemão, durante os últimos dois anos. **Journal of Sustainable Urban Mobility**, v. 3, n. 1, p. 67-86, 2023. DOI: 10.53613/josum.2023.v3.006. Disponível em: https://ipmmu.com.br/josum/article/view/28.

DIAS, T. A bancada do like: Google e iFood se inspiram em ruralistas e montam tropa de choque no Congresso. **Intercept Brasil**, 25 nov. 2021. Disponível em: https://www.intercept.com.br/2021/11/25/google-e-ifood-montam-bancada-do-lie.

DOMINGUES, Letícia Birchal. **Vale-transporte**: visão geral e passos possíveis para seu financiamento público. Belo Horizonte: Fundação Rosa Luxemburgo; Nossas, jun. 2023. [ISBN 978-65-89834-05-2]. Disponível em: https://rosalux.org.br/vale-transporte-visao-geral-e-passos-possiveis-para-seu-financiamento-publico.

FAUSTINO, Deivison; LIPPOLD, Walter. **Colonialismo digital**: por uma crítica hacker-fanoniana. São Paulo: Boitempo, 2023. [ISBN 978-65-5717-225-4].

FELITTI, Guilherme. O SUV é o retrato da imbecilidade que virou o trânsito. **Manual do Usuário**, 5 jun. 2024. Disponível em: https://

manualdousuario.net/podcast/tecnocracia-81; https://dts.podtrac.com/redirect.mp3/manualdousuario.net/podcast-download/43428/tecnocracia-81.mp3?ref=download. [Arquivo de áudio].

FILGUEIRAS, V.; CAVALCANTE, S. Um novo adeus à classe trabalhadora? In: ANTUNES, R. (org.). **Uberização, trabalho digital e indústria 4.0**. Tradução Arnaldo Mazzei Nogueira. São Paulo: Boitempo, 2020, p. 159-178.

FOLETTO, L. **A Cultura é Livre**: uma história da resistência antipropriedade. São Paulo: Autonomia Literária, Fundação Rosa Luxemburgo, 2021. Disponível em: https://rosalux.org.br/wp-content/uploads/2021/03/aculturaelivre-1.pdf.

FREITAS, Hyndara. "Ou fazemos a tarifa zero ou Boulos ganha a eleição", diz Milton Leite. **Veja São Paulo**, 13 jan. 2023. Disponível em: https://vejasp.abril.com.br/cidades/ou-fazemos-a-tarifa-zero-ou-boulos-ganha-a-eleicao-diz-milton-leite.

GAMA, Gabriel. "Carros elétricos não são a solução para a transição energética", diz pesquisador. **Agência Pública**, 5 nov. 2023. Disponível em: https://apublica.org/2023/11/carros-eletricos-nao-sao-a-solucao-para-a-transicao-energetica-diz-pesquisador.

GAROPABA. Câmara. Frente Parlamentar em defesa do transporte público, mobilidade e Tarifa Zero. **YouTube**, 13 abr. 2023. Disponível em: https://www.youtube.com/watch?v=7UNLCXTgG2U.

GIANNOTTI, Mariana; TOMASIELLO, Diego B.; BITTENCOURT, Taina A. The bias in estimating accessibility inequalities using gravity-based metrics. **Journal of Transport Geography**, v. 101, p. 103337, 2022. Disponível em: https://www.sciencedirect.com/science/article/pii/S0966692322000606.

GLASS, Verena (org.). **Protocolos de consulta prévia e o direito à livre determinação**. São Paulo: Fundação Rosa Luxemburgo; CEPEDIS,

2019. [ISBN 978-85-68302-13-2]. Disponível em: https://rosalux.org.br/livro/protocolos-de-consulta-previa-e-o-direito-a-livre-determinacao.

GOÉS, Geraldo *et al.* A proteção social dos trabalhadores da *gig economy* do setor de transporte no Brasil. In: IPEA. **Carta de Conjuntura**, v. 16, n. 58, 1º trimestre de 2023. Brasília: Ipea, 15 fev. 2023. Disponível em: https://www.ipea.gov.br/cartadeconjuntura/wp-content/uploads/2023/02/230215_nota16.pdf.

GÓES, Geraldo; FIRMINO, Antony; MARTINS, Felipe. Painel da *gig economy* no setor de transportes do Brasil: quem, onde, quantos e quanto ganham. **Carta de Conjuntura**, v. 14, n. 55, 2º trimestre de 2022. Brasília: Ipea, 10 maio 2022. Disponível em: https://www.ipea.gov.br/portal/images/stories/PDFs/conjuntura/220510_cc_55_nota_14_gig_economy.pdf.

GORZ, André. **Ecológica**. São Paulo: Annablume, 2010.

GREGORI, Lucio *el al.* **Tarifa Zero**: a cidade sem catracas. São Paulo: Autonomia Literária, 2020. [ISBN 978-65-87233-10-9]. Disponível em: https://rosalux.org.br/livro/tarifa-zero-a-cidade-sem-catracas.

GROHMANN, Rafael et al. Platform scams: Brazilian workers' experiences of dishonest and uncertain algorithmic management. **New Media & Society**, v. 24, n. 7, p. 1611-1631, 2022. doi.org/10.1177/14614448221099922.

GRUPO testa ocupação de carros, ônibus e bicicletas em rua de Vitória. **G1-ES**, 31 ago. 2014. Disponível em: https://g1.globo.com/espirito-santo/noticia/2014/08/grupo-testa-ocupacao-de-carros-onibus-e-bicicleta-em-rua-de-vitoria.html.

GUATELLI, Caio. Mortes no trânsito de São Paulo disparam nos 5 primeiros meses do ano. **Folha de S. Paulo**, 25 jun. 2024. Disponível em: https://www1.folha.uol.com.br/blogs/ciclocosmo/2024/06/mortes-no-transito-de-sao-paulo-disparam-nos-5-primeiros-meses-do-ano.shtml.

GUERREIRO, Isadora. Tarifa Zero do futuro: Cidadania TOP-PIX. **Passa Palavra**, 22 nov. 2021. Disponível em: https://passapalavra.info/2021/11/140987.

HADDAD, Celso. **Transporte público**: Tarifa Zero. Maricá: Prefeitura, 2024. Disponível em: https://rosalux.org.br/wp-content/uploads/2024/06/PMU-Nova-Apresentacao-junho-EPT-2024.pptx.

HANG, Chengzheng; LIU, Zhenfei; WANG, Yujing; *et al.* Sharing diseconomy: impact of the subsidy war of ride-sharing companies on urban congestion. **International Journal of Logistics Research and Applications**, v. 22, n. 5, p. 491-500, 10 jun. 2019. Disponível em: https://www.tandfonline.com/doi/full/10.1080/13675567.2019.1619677.

HOWARD, Mark. **The Necropolice Economy**: Mapping Biopolitical Priorities and Human Expendability in the Time of COVID-19. **Societies**, v. 12, n. 1, p. 2, 2022. Disponível em: https://www.mdpi.com/2075-4698/12/1/2.

HUMBERTO, Mateus; NGO, Nicole Ngo; ASSEKO Sigride; SANTINI, Daniel; OBAIN, Bigoumou. Effects of Fare-Free Public Transport (FFPT) Policies on Extended Mobility and Urban Access in Libreville, Gabon. In: CAPANEMA, Lúcia; ORRICO, Romulo; LEIVA, Guilherme (org.). **Extended mobility**: Placing the Other in the (Ideal) City of commons. Routledge, 2024. [No prelo].

IBGE - INSTITUTO BRASILEIRO DE GEOGRAFIA E ESTATÍSTICA. **Censo Demográfico**. IBGE, 2023. Disponível em: https://www.ibge.gov.br/estatisticas/sociais/populacao/22827-censo-demografico-2022.html.

IBGE - INSTITUTO BRASILEIRO DE GEOGRAFIA E ESTATÍSTICA. **Pesquisa de orçamentos familiares 2017-2018**: primeiros resultados. Rio de Janeiro: IBGE, 2019. [ISBN 978-85-24045-05-9]. Disponível em: https://biblioteca.ibge.gov.br/index.php/biblioteca-catalogo?view=detalhes&id=2101670.

IDEC - INSTITUTO DE DEFESA DE CONSUMIDORES; COALIZÃO MOBILIDADE TRIPLO ZERO. **10 passos para ter tarifa zero e transporte de qualidade no seu plano de governo**. 2024. Disponível em: https://idec.org.br/ferramenta/10-passos-para-ter-tarifa-zero-e-transporte-de-qualidade-no-seu-plano-de-governo.

IDEC - INSTITUTO DE DEFESA DE CONSUMIDORES. **Conheça o projeto do Sistema Único de Mobilidade - SUM**. São Paulo: IDEC, 2023. Disponível em: https://idec.org.br/sum/proposta.

IFOOD. **Por dentro dos negócios do iFood**. 2024. Disponível em: https://institucional.ifood.com.br/sobre.

IFOOD. **Relato de impacto 2021**. 2021. Disponível em: https://institucional.ifood.com.br/wp-content/uploads/2024/01/Relato-de-Impacto-iFood-2021-4.pdf.

ILLICH, Ivan. Energia e equidade. In: LUDD, Nedd (org.). **Apocalipse motorizado**: a tirania do automóvel em um planeta poluído. São Paulo: Conrad, 2005.

ITDP BRASIL - INSTITUTO DE POLÍTICAS DE TRANSPORTE & DESENVOLVIMENTO. Lançamento Coalizão Triplo Zero. **YouTube**, 28 mar. 2023. Disponível em: https://www.youtube.com/watch?v=u-YYxGgGiV0.

KALIL, Renan. Os problemas do PL que regula o trabalho dos motoristas via aplicativo. **Carta Capital**, 8 mar. 2024. Disponível em: https://www.cartacapital.com.br/opiniao/os-problemas-do-pl-que-regula-o-trabalho-dos-motoristas-via-aplicativo.

KĘBŁOWSKI, Wojciech. **Fare-free public transport**: An international perspective. 2024. Disponível em: https://rosalux.org.br/wp-content/uploads/2024/05/BLOCO-PRINCIPAL-pesquisador-Wojciech.pdf.

KĘBŁOWSKI, Wojciech. Free Public Transit: Scope and Definitions. In: PRINCE, Jason; DELLHEIM, Judith (ed.). **Free Public Transport and**

Why We Don't Pay to Ride Elevators. Montreal: Black Rose Books, 2018. [ISBN 978-1-55164-657-2].

KING, Suzanne. Fare-free buses might be good for Kansas Citians' health. **The Beacon, Kansas City**, 15 dez. 2023. Disponível em: https://thebeaconnews.org/stories/2023/12/15/people-who-ride-kcata-fare-free-buses-healthier-researchers-say.

KLEIN, Naomi. **A doutrina do choque**: a ascensão do capitalismo de desastre. Tradução de Vânia Cury. Rio de Janeiro: Nova Fronteira, 2008.

LANDIN, Lucas de Paula. **Tarifa Zero**: La financiación del transporte público gratuito en el Municipio de Vargem Grande Paulista, Brasil. Orientador: Juretic Díaz Jerko. Dissertação (Mestrado em gestão e políticas públicas) – Faculdade de Ciências Físicas e Matemáticas, Universidade do Chile, Santiago, 2022. Disponível em: https://repositorio.uchile.cl/handle/2250/191822.

LEÃO, Pedro Catanzaro da Rocha; AGUIAR, Caroline Boletta de Oliveira. Mineração e transição energética: os casos do lítio e do alumínio. In: SOLDATELI, Elisangela Soldateli Paim; FURTADO, Fabrina Pontes. **Em nome do clima**: transição energética e financeirização da natureza. São Paulo: Fundação Rosa Luxemburgo, 2024, p. 86-136. [ISBN 978-65-89834-08-3]. Disponível em: https://rosalux.org.br/wp-content/uploads/2024/03/Em-nome-do-clima-mapeamento-critico.pdf.

LEVY, Clarissa. A máquina oculta de propaganda do iFood. **Agência Pública**, 4 abr. 2022. Disponível em: https://apublica.org/2022/04/a-maquina-oculta-de-propaganda-do-ifood.

LEVY, Clarissa. iFood assina acordo de milhões com MPs após denúncia da Agência Pública. **Agência Pública**, 10 jul. 2023. Disponível em: https://apublica.org/2023/07/ifood-assina-acordo-de-milhoes-com-mps-apos-denuncia-da-agencia-publica.

LINKE, Clarisse Cunha *et al.* Tarifa zero pode ser o novo Bolsa Família. **Folha de S. Paulo**, 26 ago. 2023. Disponível em: https://www1.folha.uol.com.br/opiniao/2023/08/tarifa-zero-pode-ser-o-novo-bolsa-familia.shtml.

LIZAGARRA, Patricia; PEREIRA FILHO, Jorge. **Atlas dos Sistemas Alimentares do Cone Sul**. São Paulo: Popular: Fundação Rosa Luxemburgo; Expressão Popular, 2024. [ISBN 978-65-89834-07-6; 978-65-5891-124-1]. Disponível em: https://rosalux.org.br/livro/atlas-dos-sistemas-alimentares-do-cone-sul.

LUDD, Ned (org). **Apocalipse motorizado**: a tirania do automóvel em um planeta poluído. Tradução Leo Vinicius. Ilustrações Andy Singer. 2 ed. rev. São Paulo: Conrad, 2005.

MACEDO, Du. Pula Catraca! **YouTube: Tarifa Zero BH**, 16 jan. 2014. Disponível em: https://www.youtube.com/watch?v=AsSPuN5KdZQ.

MARQUES, Eduardo Cesar (org.). **The Politics of Incremental Progressivism**: Governments, Governances and Urban Policy Changes in São Paulo. New Jersey: Wiley Hoboken, 2021. [IJURR Studies in Urban and Social Change Book Series].

MARQUES, Eduardo Cesar. Os capitais do urbano no Brasil. **Novos Estudos CEBRAP**, v. 35, p. 10-13, 2016. Disponível em: https://doi.org/10.25091/S0101-3300201600020001.

MARQUES, Eduardo Cesar. Why do Local Governments Produce Redistributive Urban Policies? **Journal of Urban Affairs**, v. 45, n. 4, p. 815-834, 2023. Disponível em: https://doi.org/10.1080/07352166.2021.1881405.

MARX, Paris. **Road to Nowhere**: What Silicon Valley Gets Wrong about the Future of Transportation. New York: Verso Book, 2022.

MBEMBE, Achille. **Necropolítica**. 3. ed. São Paulo: n-1 edições, 2018.

MINAS GERAIS. Assembleia Legislativa. **Proposta de Emenda à Constituição 2/2023**. Acrescenta o art. 5º-A à Constituição do Estado para garantir a gratuidade no transporte público coletivo intermunicipal de passageiros nas regiões metropolitanas do Estado nos dias em que se realizam as eleições. Disponível em: https://www.almg.gov.br/projetos-de-lei/PEC/2/2023.

MOROZOV, Evgene.; BRIA, Francesca. **A cidade inteligente**: tecnologias urbanas e democracia. São Paulo: Ubu, 2019. [ISBN 978-85-7126-046-7]. Disponível em: https://rosalux.org.br/baixe-gratis-a-versao-digital-do-livro-a-cidade-inteligente-tecnologias-urbanas-e-democracia.

NATALINO, Marco Antônio Carvalho. A população em situação de rua nos números do Cadastro Único. **Texto para Discussão**, n. 2.944. Rio de Janeiro: Ipea, 2024. [ISSN 1415-4765]. Disponível em: https://repositorio.ipea.gov.br/bitstream/11058/12642/7/TD_2944_web.pdf.

NEVES, Lafaiete Santos. **Movimento popular e transporte coletivo em Curitiba (1970 1990)**. Curitiba: Editora Gráfica Popular CEFURIA, 2006.

NIKOLAEVA, Anna et al. Commoning Mobility: Towards a New Politics of Mobility Transitions. **Transactions of the Institute of British Geographers**, v. 44, n. 2, p. 346-360, 2019. DOI: doi.org/10.1111/tran.12287.

NITERÓI. Prefeitura de Niterói registra mais de seis mil cadastros no NitBike em menos de 24 horas, 5 jul. 2024. Disponível em: https://niteroi.rj.gov.br/prefeitura-de-niteroi-registra-mais-de-seis-mil-cadastros-no-nitbike-em-menos-de-24-horas.

NORTON, Peter. **Autonorama**: uma história sobre carros "inteligentes", ilusões tecnológicas e outras trapaças da indústria automotiva. São Paulo: Autonomia Literária, 2023. [ISBN 978-85-69536-83-3].

NORTON, Peter. **Fighting Traffic**: The Dawn of the Motor Age in the American City. Cambridge, Massachusetts: MIT Press, 2011.

NTU - ASSOCIAÇÃO NACIONAL DAS EMPRESAS DE TRANSPORTES URBANOS. **Anuário NTU 2022-2023**. Brasília: NTU, 2023. [ISSN 2317-8868]. Disponível em: https://ntu.org.br/novo/upload/Publicacao/Pub638272765778419772.pdf.

NTU - ASSOCIAÇÃO NACIONAL DAS EMPRESAS DE TRANSPORTES URBANOS. **Pesquisa temática Tarifa Zero nas cidades do Brasil**. Brasília: NTU, abr. 2024. [ISSN 2317-8868]. Disponível em: https://ntu.org.br/novo/upload/Publicacao/Pub638494860784707442.pdf.

NYGÅRD, Anna. Solidariedade internacional contra o racismo. In: SANTINI, Daniel; SANTARÉM, Paíque; ALBERGARIA, Rafaela. **Mobilidade antirracista**. São Paulo: Autonomia Literária, 2021, p. 373-381. [ISBN 978-65-87233-41-3]. Disponível em: https://rosalux.org.br/livro/mobilidade-antirrascista.

OBSERVATÓRIO DA MOBILIDADE DE SALVADOR *et al.* **Devolva Meu Buzu**. Disponível em: https://devolvameubuzu.org.

OPROPRIO, Yago. Linha Azul. In: **Oproprio**. Rio de Janeiro: Som Livre, 2024.

ÓRGÃO Especial do TJ-SP declara a inconstitucionalidade de Lei Complementar do Município de Vargem Grande Paulista, que exigia o pagamento de taxa de pessoas jurídicas nele instaladas para viabilizar programa de "Tarifa Zero" no transporte público. **Cordeiro, Lima & Advogados**, 14 mar. 2023. Disponível em: https://cordeirolima.com.br/orgao-especial-do-tj-sp-declara-a-inconstitucionalidade-de-lei-complementar-do-municipio-de-vargem-grande-paulista-que-exigia-o-pagamento-de-taxa-de-pessoas-juridicas-nele-instaladas-para-viabilizar.

ORR, Will; HENNE, Kathryn; LEE, Ashlin *et al.* Necrocapitalism in the Gig Economy: The Case of Platform Food Couriers in Australia. **Antipode**, v. 55, n. 1, p. 200-221, 2023. Disponível em: https://onlinelibrary.wiley.com/doi/10.1111/anti.12877.

ORSINI, Adriana Goulart de Sena; LEME, Ana Carolina Reis Paes. Litigância manipulativa da jurisprudência e plataformas digitais de transporte: levantando o véu do procedimento conciliatório estratégico. **Revista Eletrônica do Tribunal Regional do Trabalho da 9ª Região**, v.

10, n. 95, p. 24-44, 2021. Disponível: https://juslaboris.tst.jus.br/handle/20.500.12178/182394.

PAGNAN, Rogério. Milton Leite teve "papel juridicamente relevante na execução dos crimes" da Transwolff, diz Promotoria. **Folha de S. Paulo**, 25 maio 2024. Disponível em: https://www1.folha.uol.com.br/cotidiano/2024/05/milton-leite-teve-papel-juridicamente-relevante-na-execucao-dos-crimes-da-transwolff-diz-promotoria.shtml.

NOSSAS *et al. O que fizemos até agora*. Passe Livre pela democracia, campanha, versão digital, 2024. https://passelivrepelademocracia.com.

PLANKA.NU. **A estrutura de poder do trânsito**. Tradução: Tarifa Zero BH. São Paulo: Fundação Rosa Luxemburgo, 2020. [ISBN 978-65-990744-1-7]. Disponível em: https://rosalux.org.br/wp-content/uploads/2020/10/a-estrutura-de-poder-do-transito-web-1.pdf.

POLO PLANEJAMENTO. Conecta Polo: roda de conversa: mobilidade antirracista. **YouTube**, 28 abr. 2023. [Roda de conversa sobre mobilidade antirracista com Paíque Santarém e Daniel Caribé.]. Disponível em: https://www.youtube.com/watch?v=_b6DLPRggSY.

PREFEITURA de SP construiu 23 dos 300 km prometidos de ciclovias e ciclofaixas e quer tirar 92% do projeto do papel neste ano eleitoral. **G1-SP**, 2 jan. 2024. Disponível em: https://g1.globo.com/sp/sao-paulo/noticia/2024/01/02/prefeitura-de-sp-construiu-23-dos-300-km-prometidos-de-ciclovias-e-ciclofaixas-e-quer-tirar-92percent-do-projeto-do-papel-neste-ano-eleitoral.ghtml.

REQUENA, Carolina. **O paradigma da fluidez do automóvel**: burocracias estatais e mobilidade em São Paulo. Dissertação (Mestrado em Ciência Política) – Faculdade de Filosofia, Letras e Ciências Humanas, Universidade de São Paulo, São Paulo, 2015.

RIBEIRO, Paulo Victor; SILVA, Victor. Dividir para conquistar. **Intercept Brasil**, 26 set. 2022. Disponível em: https://www.intercept.com.br/2022/09/26/ifood-anteprojeto-lei-categoria-trabalho-entregadores.

RIO TV Câmara. **Solenidade de reconhecimento aos ativistas em prol da mobilidade urbana**. **YouTube**, 21 jun. 2024. Disponível em: https://www.youtube.com/live/DrSPIC7YNkk.

ROLNIK, Raquel. **Guerra dos lugares**: a colonização da terra e da moradia na era das finanças. São Paulo: Boitempo, 2019. [ISBN 978-85-7559-668-5].

ROLNIK, Raquel. **São Paulo**: o planejamento da desigualdade. Fósforo: São Paulo, 2022. [ISBN 978-65-89733-53-9].

ROSA, Vera. Dilma: "Não existe tarifa zero". **O Estado de S. Paulo**, 26 jun. 2013. Disponível em: https://www.estadao.com.br/politica/dilma-nao-existe-tarifa-zero.

ROZYNEK, Caroline. Imagine the Financial Barrier to Public Transport Use Disappears. The Impact of the 9-Euro-Ticket on the Mobility and Social Participation of Low-Income Households with Children. **Transport Policy**, v. 149, p. 80-90, 2024. Disponível em: https://www.sciencedirect.com/science/article/pii/S0967070X24000386.

SANTARÉM, Paíque Duques. Ensaio sobre o incontornável: do ciclo vicioso da tarifa ao ciclo virtuoso da Tarifa Zero. **Journal of Sustainable Urban Mobility**, v. 3, n. 1, p. 21-32, 2023. DOI: 10.53613/josum.2023.v3.003. Disponível em: https://ipmmu.com.br/josum/article/view/29.

SANTINI, Daniel *et al.* A experiência de Tarifa Zero no Transporte Público de São Caetano do Sul. In: CONGRESSO DE PESQUISA E ENSINO EM TRANSPORTES, XXXVIII. Florianópolis: Associação Nacional de Pesquisa e Ensino em Transportes – ANPET, 4-8 nov. 2024. **Anais**. Campinas: Galoá, 2024. [No prelo].

SANTINI, Daniel. Brazilian Municipalities with Full Fare-Free Public Transport Policies. **Harvard Dataverse**, V2, jul. 2024a, https://doi.org/10.7910/DVN/Z927PD. [Planilha atualizada de municípios com Tarifa Zero universal em inglês].

SANTINI, Daniel. Cidades com Tarifa Zero Universal. **Google Data Studio**, jul. 2024b. Disponível em: https://lookerstudio.google.com/reporting/3c67c9cd-2450-4963-aab1-0251b4fdc75f/page/VWUpD. [Infográfico e mapa atualizados de municípios com Tarifa Zero universal em português].

SANTINI, Daniel. Cidades com Tarifa Zero Universal. **Google Docs**, jul. 2024c. Disponível em: https://docs.google.com/spreadsheets/d/1p2CS6RMhnCF1Rdzo-RizjR-sAG5xJ5WhpcrTJItnktc/edit?usp=sharing. [Planilha atualizada de municípios com Tarifa Zero universal em português].

SANTINI, Daniel. Cooperativismo e solidariedade contra as distopias do capitalismo de plataforma na mobilidade. In: NEDER, Ricardo Toledo; CHEDID HENRIQUES, Flávio (org.). **Um horizonte de lutas para a autogestão**: o trabalho organizado por plataforma digital. Marília-SP: Lutas Anticapital, 2024d, p. 207-2030. [ISBN 978-65-85404-46-4].

SANTINI, Daniel. No Brasil, Peter Norton fala de falsas revoluções e promessas da indústria automotiva. **Fundação Rosa Luxemburgo**, 9 nov. 2023a. Disponível em: https://rosalux.org.br/no-brasil-peter-norton-fala-de-falsas-revolucoes-e-promessas-da-industria-automotiva.

SANTINI, Daniel. Novas alianças em defesa do transporte público. **Jacobin Brasil**, 27 fev. 2024e. Disponível em: https://jacobin.com.br/2024/02/novas-aliancas-em-defesa-do-transporte-publico.

SANTINI, Daniel. **Passe livre**: as possibilidades da tarifa zero contra a distopia da uberização. São Paulo: Autonomia Literária, 2019. [ISBN 978-85-69536-59-8]. Disponível em: https://rosalux.org.br/wp-content/uploads/2020/03/passelivre.pdf.

SANTINI, Daniel. Prefeito de São Paulo atropela revisão do Plano Diretor e tenta desviar recursos da mobilidade e habitação para gastar com asfalto. **LabCidade**, 22 mar. 2023b. Disponível em: https://www.labcidade.fau.usp.br/prefeito-atropela-revisao-do-plano-diretor-e-tenta-desviar-recursos-da-mobilidade-e-habitacao-para-gastar-com-asfalto.

SANTINI, Daniel. **Tarifa Zero e desigualdade social**: um estudo de caso sobre a experiência de Mariana (MG) na implementação do Passe Livre no transporte público coletivo. Orientadora: Raquel Rolnik. Dissertação (Mestrado em Planejamento Urbano e Regional) – Faculdade de Arquitetura e Urbanismo, Universidade de São Paulo, 2023c. Disponível em: https://www.teses.usp.br/teses/disponiveis/16/16139/tde-11012024-121851/pt-br.php.

SANTINI, Daniel. Tarifa zero, a tecnologia social capaz de evitar o colapso da mobilidade nas cidades. **Revista Rosa**. São Paulo, v. 5, n. 3, 21 jul. 2022. Disponível em: https://revistarosa.com/5/tarifa-zero-tecnologia-social.

SANTINI, Daniel; SANTARÉM, Paíque; ALBERGARIA, Rafaela. **Mobilidade antirracista**. São Paulo: Autonomia Literária, 2021. [ISBN 978-65-87233-41-3]. Disponível em: https://rosalux.org.br/livro/mobilidade-antirrascista.

SANTINI, Daniel; SOUZA, Joyce; FOLETTO, Leonardo. Internet: o Desafio Morozov. **Outras Palavras**, 31 ago. 2023. Disponível em: https://outraspalavras.net/tecnologiaemdisputa/internet-o-desafio-morozov.

SÃO PAULO (Estado). Detran SP. Explore as análises comparativas do Detran de São Paulo. **Infosiga**, 2024. Disponível em: https://www.infosiga.sp.gov.br.

SÃO PAULO (Município). Asfalto Novo recupera 20 milhões de metros quadrados em SP. São Paulo: **Prefeitura Municipal**, 2024a. Disponível em: https://prefeiturafaz.prefeitura.sp.gov.br/asfalto-novo-recupera-20-milhoes-de-metros-quadrados-em-sao-paulo.

SÃO PAULO (Município). Câmara Municipal. Audiência Pública Passe Livre no Sistema de Transporte de São Paulo. **YouTube**, 27 fev. 2023. Disponível em: https://www.youtube.com/watch?v=WTX9sxEg77Q.

SÃO PAULO (Município). Câmara Municipal. Comissão Parlamentar de Inquérito dos Aplicativos. **Relatório final**. 2022. Disponível em:

https://www.saopaulo.sp.leg.br/wp-content/uploads/2021/02/Relatorio-Final-CPI-Aplicativos.pdf.

SÃO PAULO (Município). Câmara Municipal. **Projeto de Lei n. 342, de 6 de outubro de 1990**. Cria o Fundo Municipal de Transportes - FUNTRAN, e dá outras providências. Disponível em: https://legislacao.prefeitura.sp.gov.br/leis/projeto-de-lei-camara-municipal-342-de-6-de-outubro-de-1990/consolidado.

SÃO PAULO (Município). Em 6 meses, Domingão Tarifa Zero transportou mais de 81 milhões de usuários de ônibus na capital. São Paulo: Prefeitura Municipal, 2024b. Disponível em: https://imprensa.prefeitura.sp.gov.br/noticia/em-6-meses-domingao-tarifa-zero-transportou-mais-de-milhoes-de-usuarios-de-onibus-na-capital.

SÃO PAULO (Município). Prefeitura e empresas de tecnologia selam pacto pela segurança no trânsito. **Notícias**, 18 jul. 2019. Disponível em: https://www.capital.sp.gov.br/noticia/prefeitura-e-empresas-de-tecnologia-selam-pacto-pela-seguranca-no-transito.

SÃO PAULO (Município). Secretaria Municipal de Mobilidade e Trânsito. **Concorrência n. 001/2015**. Delegação, por concessão, da prestação e exploração do serviço de transporte coletivo público de passageiros, na cidade de São Paulo. 2015. Disponível em: https://www.prefeitura.sp.gov.br/cidade/secretarias/mobilidade/edital/index.php?p=268507.

SÃO PAULO (Município). Secretaria Municipal de Mobilidade e Trânsito. **Passageiros transportados**. 2024c. Disponível em: https://www.prefeitura.sp.gov.br/cidade/secretarias/mobilidade/institucional/sptrans/acesso_a_informacao/index.php?p=245234.

SARAIVA, Leila. **Não leve flores**: crônicas etnográficas junto ao Movimento Passe Livre – DF. Brasília: Papéis Selvagens, 2018. [ISBN 978-85-85349-00-4].

SCAFF, Fernando Facury. Orçamento é de todos, mas as emendas são dos parlamentares. **Consultor Jurídico**, 26 mar. 2024. Disponível em: https://www.conjur.com.br/2024-mar-26/orcamento-e-de-todos-mas-as-emendas-sao-dos-parlamentares.

SCHALLER, Bruce. Can Sharing a Ride Make for Less Traffic? Evidence from Uber and Lyft and Implications for Cities. **Transport Policy**, v. 102, p. 1-10, 2021. Disponível em: https://www.sciencedirect.com/science/article/pii/S0967070X20309525.

SILVA, Guilherme Moraes da. **Rápido e letal**: perspectivas jurídicas e sociais das velocidades nas marginais paulistanas. Orientadora: Maria de Lourdes Zuquim. Dissertação (Mestrado em Humanidades, Direitos e Outras Legitimidades) – Departamento Diversitas, Faculdade de Filosofia, Letras e Ciências Humanas, Universidade de São Paulo, 2024.

SILVA, Ricardo Barbosa da. **Motoboys no globo da morte**: circulação no espaço e trabalho precário na cidade de São Paulo. São Paulo: Humanitas, 2011.

SINDIMETRÔ-RS. Tarifa Zero para reconstruir e fortalecer a Trensurb pública. Porto Alegre, 2 jul. 2024. Disponível em: https://www.sindimetrors.org/tarifa-zero-para-reconstruir-e-fortalecer-a-trensurb-publica.

SINGER, Paul. **Um governo de esquerda para todos**: Luiza Erundina na Prefeitura de São Paulo (1989-92). São Paulo: Brasiliense, 1996.

SOLDATELI, Elisangela Soldateli Paim; FURTADO, Fabrina Pontes. **Em nome do clima**: transição energética e financeirização da natureza. São Paulo: Fundação Rosa Luxemburgo, 2024. Disponível em: https://rosalux.org.br/wp-content/uploads/2024/03/Em-nome-do-clima-mapeamento-critico.pdf.

SPTRANS - SÃO PAULO TRANSPORTE S/A. **Relatório Integrado da Administração 2023**. 2024. Disponível em: https://www.sptrans.com.br/relatorio-integrado-da-administracao-2023.

TALLINN. **International Conference "Free Public Transport for All: Dream and Reality"**, 9-12 maio 2018. Disponível em: https://

rosalux.org.br/international-conference-free-public-transport-for-all-dream-and-reality.

TATTO, Jilmar. PT incorpora Tarifa Zero como bandeira nacional do partido. **Notícias**, 12 jul. 2023. Disponível em: https://jilmartatto.com.br/2023/07/12/pt-incorpora-tarifa-zero-como-bandeira-nacional-do-partido.

TAVARES, Francisco Mata Machado. Alternativas jurídicas para o custeio do transporte coletivo urbano: uma crítica constitucional e sócio-fiscal ao regime de tarifas. **Revista de Direito da Cidade**, 2024. [No prelo].

TOLEDO, Cleber. Especialista em Direito Urbanístico, João Bazzoli diz que a municipalização pode dar certo, mas faltou planejamento. **Portal CT: Política**, 2 dez. 2022. Disponível em: https://clebertoledo.com.br/politica/conversa-de-politica-especialista-em-direito-urbanistico-joao-bazzoli-diz-que-municipalizacao-pode-dar-certo-mas-faltou-planejamento.

TONUCCI FILHO, João Bosco Moura. **Comum urbano**: a cidade além do público e do privado. Orientadora Heloisa Soares de Moura Costa. Tese (Doutorado em Geografia) – Instituto de Geociências, Universidade Federal de Minas Gerais, Belo Horizontem, 2017. Disponível em: https://repositorio.ufmg.br/handle/1843/IGCC-B9BM6M.

TRANSITANDO PELA VIDA. PL 2789, o Projeto de Lei que vai reduzir as mortes de trânsito no Brasil. **Transitando pela Vida**, 2024. Disponível em: https://transitandopelavida.org.br/salvando-vidas.

TUISK, Tarmo; PRAUSE, Gunnar. Socio-Economic Aspects of Free Public Transport. In: KABASHKIN, Igor; YATSKIV, Irina; PRENTKOVSKIS, Olegas. (ed.). **Reliability and Statistics in Transportation and Communication**. Berlim: Springer, 2019, p. 3-13. DOI: https://doi.org/10.1007/978-3-030-12450-2_1. [Lecture Notes in Networks and Systems (LNNS), v. 68].

TV CÂMARA DISTRITAL. Audiência Pública: as possibilidades de implantação da tarifa zero. Brasília: Assembleia Legislativa da Câmara Distrital, 13 jun. 2023. Disponível em: https://www.youtube.com/watch?v=DHRt9_xZErc.

UBER. **Form 10-K**. Annual Report Pursuant to Section 13 or 15 of the Securities Exchange Act of 1934. Washington: United States Securities and Exchange Commission, 2023. Disponível em: https://www.annualreports.com/HostedData/AnnualReports/PDF/NYSE_UBER_2023.pdf.

UBER. **Uber Annual Report 2023**, jan. 2024a. Disponível em: https://s23.q4cdn.com/407969754/files/doc_events/2024/May/06/2023-annual-report.pdf.

UBER. **Uber Investor Update**, fev. 2024b. Disponível em: https://s23.q4cdn.com/407969754/files/doc_financials/2024/sr/uber-investor-update.pdf.

VARGEM GRANDE PAULISTA. **Lei n. 1.092, de 15 de outubro de 2019**. Dispõe sobre a criação do programa "Transporte para Todos" no Município de Vargem Grande Paulista e dá outras providências. Disponível em: https://leismunicipais.com.br/a/sp/v/vargem-grande-paulista/lei-ordinaria/2019/110/1092/lei-ordinaria-n-1092-2019-dispoe-sobre-a-criacao-do-programa-transporte-para-todos-no-municipio-de-vargem-grande-paulista-e-da-outras-providencias.

VASCONCELLOS, Eduardo Alcântara. **Transporte urbano, espaço e equidade**: análise das políticas públicas. São Paulo: Annablume, 2003. [ISBN 978-85-74191-84-3].

VAZ, Ana Carolina. Autonomista na prática? Reflexões sobre as práticas de movimentos sociais e sua interação com partidos políticos. In: ABERS, Rebecca Neaera; ALMEIDA, Debora Rezende de; VON BÜLOW, Marisa (org.). **A disputa pela democracia no Brasil**: ativismos em contextos turbulentos. Brasília: Zouk, 2023, p. 169-196. [ISBN 978-65-5778-120-3].

VELOSO, André Henrique de Brito. A “Era do ônibus”: **formação, ascensão e hegemonia do empresariado de ônibus urbano de Belo Horizonte 1950-1990**. Orientador: Marcelo Magalhães Godoy. Tese (Doutorado em Economia) – Centro de Desenvolvimento e Planejamento Regional, Universidade Federal de Minas Gerais, 2023. Disponível em: http://hdl.handle.net/1843/62832.

VIDUEDO, Rogério. Testemunhas comprovam a primeira morte de motoca da faixa azul. Foi na avenida dos Bandeirantes. **Jornal Bicicleta**, 26 abr. 2024. Disponível em: https://jornalbicicleta.com.br/2024/04/26/testemunhas-comprovam-a-primeira-morte-de-motoca-da-faixa-azul-foi-na-avenida-dos-bandeirantes.

VILLAÇA, Flávio. O território e a dominação social. **Margem Esquerda**, n. 24. São Paulo: Boitempo, 2015.

WEIZENBAUM, Joseph. **Computer Power and Human Reason**: From Judgment to Calculation. New York: W. H. Freeman, 1976.

ZANINI, Fábio. MDB quer tarifa zero de ônibus como bandeira do partido a partir de exemplo de SP. **Folha de S. Paulo**, 30 nov. 2022. Disponível em: https://www1.folha.uol.com.br/colunas/painel/2022/11/mdb-quer-tarifa-zero-de-onibus-como-bandeira-do-partido-a-partir-de-exemplo-de-sp.shtml.

ZIONI, Silvana. Mobilidades diferentes e desiguais. In: SILVA, Ricardo Barbosa da; ZIONI, Silvana; ULIAN, Flávia (org.). **Mobilidade desiguais**. São Paulo: Instituto das Cidades; Universidade Federal de São Paulo, 2022, p. 17-38. [Série Estudos Urbanos].

AGRADECIMENTOS

A Paula Aftimus, sem a qual não só este livro, mas todo o trabalho de pesquisa dos últimos cinco anos, não seria possível. Mais do que pelo apoio e pelo trabalho de cuidados compartilhados que viabilizou a escrita, pela capacidade de sonhar junto, pelo entusiasmo e seriedade com que se dedica a tudo que faz, que inspira quem está ao seu redor.

Para Laura, que, com a sabedoria dos seus cinco anos, me ensinou por que venta na praia com base no que tinha aprendido em um livro. Para Luísa, que, com três, me inspira todos os dias a sonhar e querer um mundo melhor. É para elas três este livro. Aos meus pais, irmã e sua família, pelo apoio constante e espaço para escrever. Ao Tacizio Santini, uma das pessoas que mais me incentivou a escrever. Ao Felipe Franco Munhoz e ao Enzo Adamo, que sempre enchem meu coração de alegria a cada livro e títulos conquistados.

Para Lucio Gregori, pela coerência, firmeza e envolvimento, sem dúvida a principal referência para pensar políticas públicas de Tarifa Zero no Brasil e no mundo. Obrigado, Lucio. Para Márcia Gregori, que, com igual paixão, pesquisa e dedicação, segue construindo e contribuindo para o avanço da pauta no Brasil.

Para Andreas Behn, diretor do escritório regional da Fundação Rosa Luxemburgo em São Paulo, pela leitura atenta da primeira versão e comentários decisivos para melhorar o livro, por acreditar e apoiar o meu trabalho, por provocar, questionar e me fazer pensar e melhor dimensionar a importância do tema. Para Torge Löding e Gerhard Dilger, ex-diretores que, igualmente, sempre me incentivaram a investir tempo e energia no tema.

Para meus colegas na Fundação Rosa Luxemburgo, Christiane Gomes, Elisangela Soldateli, Katarine Flor, Jorge Pereira Filho,

Judith Dellheim, Manuela Kropp, Patricia Lizagarra e Verena Glass, pelas conversas constantes sobre o tema durante os últimos anos, decisivas para melhor calibrar a abordagem apresentada. Para toda a equipe administrativa e financeira, pelo apoio constante. Obrigado, Aidee Sequeira, Andressa Rosa, Arthur Minotelli, Davide Antônio Simadon, Debora Ruiz, Everalda Marques, Maria de Jesus e Marilisa Eguchi pelo apoio constante, a companhia no café e as boas risadas.

Obrigado a todo mundo que trabalhou no livro, em especial ao Hugo Maciel de Carvalho pela revisão obsessiva e a sugestão de incluir a referência ao movimento solarpunk no epílogo, além de Cauê Seignemartin Ameni, parceiro de longa data, Rodrigo Corrêa, com sua sensibilidade artística primorosa, e Biana Fernandes, pelo cuidado e capricho na diagramação.

Para Raquel Rolnik, orientadora nas pesquisas acadêmicas e inspiração pela energia e paixão com a qual se dedica a tudo em que se envolve. Obrigado por contribuir com comentários precisos e importantíssimos. Para Paula Santoro e toda a equipe do LabCidade (USP), centro que é referência fundamental para pensar o espaço, disputas e resistências. Para Silvana Zioni e Mateus Humberto, que me ajudaram a encontrar conexões com a engenharia de transportes e pensar em aspectos técnicos importantes. Mateus, obrigado por compartilhar e ajudar a pensar mais sobre o futuro da uberização dos transportes e sua relação com desigualdade social. Ao Eduardo Marques e ao Marcos Lopes Campos, pelos ensinamentos e aprendizados sobre política urbana. Valeu, Thiago Trindade, pelo diálogo constante a partir da UnB.

Para Rafael Grohmann, pelas trocas sobre tecnologia, política e novas dinâmicas de comunicação e informação. Valeu, Alexandre Boava, Alexandre Costa Barbosa, Leonardo Foletto e Rafael Zanata, parceiros nessas mesmas reflexões.

Valeu, Marília Hildebrand, Paulo Pereira da Silva, Tatiana Landi e Thiago Von Zeidler Gomes, por acreditarem e apoiarem meu trabalho, vocês são um polo importante para qualquer um interessado em políticas de mobilidade.

Thank you, Peter Norton e Andy Singer, com quem mais aprendi sobre mobilidade na vida. São dois autores internacionais fundamentais sobre o tema, que se tornaram amigos e com quem tive o privilégio de conversar e conviver. Gracias, Mauricio Maluff Massi e toda gente amiga da OPAMA, pelo interesse em conectar o debate com o Paraguai.

Para todos os amigos e amigas da Coalizão Triplo Zero e dos encontros Transporte como Direito e Caminhos pela Tarifa Zero, o povo mais comprometido com a ideia de mobilidade como direito em todo o país. Obrigado, Ana Barbour, Ana Clara, André Augustin, Antoniel de Oliveira, Charleide Matos, Cleomar Manhas, Fernanda Lopes, Juciano Rodrigues, Kelly Fernandes, Lafaiete Neves, Larissa Amorim, Lorena Freitas, Mallu Côrtes, Rafael Calabria, Rafaela Albergaria, Rodrigo Iacovini e Vitor Dias Mihessen, e tantas outras pessoas que fazem parte desta construção coletiva por avanços.

Valeu, Aline Leite, pela leitura atenta do primeiro livro, até hoje o retorno mais completo que recebi e que me instigou a escrever este segundo. Obrigado, Clareana Oyacile, pela troca constante de referências e informações. Valeu, Ana Caroline Azevedo, Annie Oviedo, André Veloso, Letícia Birchal Domingues, Luana Costa e todo mundo que faz parte do Tarifa Zero BH, movimento em que sempre encontrei acolhida e do qual me sinto parte, mesmo morando em São Paulo. Obrigado, Ana Vaz, Elisa Rosas, Jonathan Fúria, Leila Saraiva, Mayara Vivian, Millena Nascimento, Paíque Duques Santarém, Pedro Burity, Victor Khaled, e a todo mundo que construiu e segue construindo o MPL, maior movimento social em defesa do direito à mobilidade no planeta.

Obrigado aos amigos do Nordeste, Aline Prado, Daniel Caribé, Erica Telles, Emerson da Cunha, Glória Nascimento, Jéssica Lima, Luan Rusvell, Maria Réupi, Mário Pinho, Pétalla Menezes,

Thiago Jerohan, fundamentais para deslocar o debate para olhares além do Eixo Rio-SP, por abrir horizontes e ajudar a pensar melhor em contextos locais, em mobilidade fluvial e outras dinâmicas. A mudança na mobilidade nacional em construção não pode ser apenas a do Sudeste do país. Pétalla, obrigado pelo cuidado ao me explicar e pelo diálogo constante sobre tornar os escritos mais acessíveis — se der certo de gravar este como um audiolivro, é culpa sua.

Pelas pedaladas conjuntas e conversas sobre cicloativismo, obrigado, Aleba Ribeiro, Aline Cavalcante, Aline Os, Ana Carboni, Daniel Valença, Deiny Façanha, Flávio Soares, Gabriel Bonamichi, Guilherme Moraes, Gustavo Barros, Jady Medeiros, Jô Pereira, Palmas, Rachel Schein, Ricardo Neres Machado, Rogério Rai, Ruth Costa e Yuri Vasquez, só para citar alguns de infinitos amigos e amigas. O cicloativismo é onde eu comecei a pensar deslocamentos nas cidades e onde mais aprendi. Obrigado, gente UCB, da Ameciclo e da Ciclocidade, e todas as outras organizações que defendem ciclistas em todo o país. Pelas caminhadas, Leticia Sabino, obrigado compartilhar um olhar atento e sensível com pedestres.

Valeu demais, Cristiane Costa Gonçalves e Guilherme Schultz e todo mundo de Mariana (MG) que contribuiu com a pesquisa de mestrado. Vocês foram fundamentais nesta caminhada, muito pelo entusiasmo com que trabalham diretamente com o tema.

Obrigado, Clarisse Cunha Linke, Roberto Andrés e Ricardo Barbosa da Silva, três das pessoas que mais conhecem e sabem sobre mobilidade no Brasil. Vocês são referências importantes. Valeu, Ricardo Brandão e Heloant Abreu, por me despertarem para a importância da dimensão da saúde no debate. Obrigado André Luis Ferreira, David Tsai e Renato Boareto, que me influenciaram a pensar em energia e meio ambiente. Obrigado Renata Florentino e Rafael de Acypreste, pela preocupação em criar bases metodológicas mais sólidas e reunir dados. Estamos só começando, amigas e amigos.

E, por último, mas não menos importante, obrigado a você que chegou até aqui. Escrever é um troço estranho, solitário e desafiador. A construção a que este trabalho se propõe é coletiva, existe um compromisso em compartilhar, estudar e aprender. Políticas públicas devem ser produzidas a partir do ouvir, do debate de ideias, propostas e sonhos. Mais do que um objeto para enfeitar estante, o livro é um pretexto para novas conversas, diálogos e trocas. Sem vocês nada disso teria sentido.

SOBRE O AUTOR

Daniel Santini é mestre e doutorando pela Faculdade de Arquitetura e Urbanismo da Universidade de São Paulo, onde estuda políticas públicas de Tarifa Zero na área de Planejamento Urbano e Regional. Em 2023, escreveu sua dissertação de mestrado *Tarifa zero e desigualdade social: um estudo de caso sobre a experiência de Mariana (MG) na implementação do passe livre no transporte*

público coletivo. Trabalha hoje em sua tese de doutorado e o presente livro é parte da pesquisa realizada sobre o tema.

Atua como coordenador de projetos no escritório regional da Fundação Rosa Luxemburgo, responsável por parcerias, projetos e iniciativas no Brasil e no Paraguai. A organização é parte do sistema de cooperação internacional da Alemanha e baseia-se em princípios de solidariedade internacional que possibilitam e favorecem intercâmbios. Na função desde 2015, tem atuado com direito à mobilidade e direito à cidade, em uma construção conjunta com movimentos sociais, organizações, pesquisadores e pesquisadoras e ativistas de diferentes áreas, regiões e países na África, América e Europa.

Em 2019, em uma parceria da Fundação Rosa Luxemburgo com a editora Autonomia Literária, publicou seu primeiro livro, *Passe Livre: as possibilidades da Tarifa Zero contra a distopia da uberização*, dando início à coleção Cidade Livre, da qual esta nova publicação faz parte. Em 2020, editou o segundo livro da coleção, *Tarifa zero: a cidade sem catracas*, de Lucio Gregori, Chico Whitaker, José Jairo Varoli, Mauro Zilbovicius e Márcia Sandoval Gregori. Em 2021, junto com Paíque Duques Santarém e Rafaela Albergaria, organizou a coletânea *Mobilidade Antirracista*, terceiro livro da coleção. Os três volumes serviram de base para duas temporadas especiais do podcast *Guilhotina*, do Le Monde Diplomatique Brasil.

Nos últimos anos, também como parte de seu trabalho sobre mobilidade e urbanismo na organização, coordenou a publicação dos livros *CARtoons: atropelando a ditadura do automóvel* (2017), de Andy Singer; *A cidade inteligente: tecnologias urbanas e democracia* (2019), de Evgeny Morozov e Francesca Bria; *A estrutura de poder no trânsito* (2020), do coletivo sueco Planka.nu, traduzido para o português pelo coletivo Tarifa Zero-BH; e *Autonorama: uma história sobre carros "inteligentes", ilusões tecnológicas e outras trapaças da indústria automotiva* (2023), de Peter Norton.

Também apoiou os estudos *Transição da indústria automotiva brasileira: desafios e perspectivas para uma conversão alinhada* à *mobilidade inclusiva e de baixas emissões* (2021) e *Perspectivas da transição energética justa no transporte público coletivo* (2022), ambos produzidos por André Luis Ferreira, David Tsai e Renato Boareto, do IEMA, e a produção da série de vídeos *Papo Livre*, concretizada pelo Coletivo Entrelinhas e o Movimento Passe Livre.

Santini é jornalista, com uma pós-graduação em jornalismo internacional pela Pontifícia Universidade Católica de São Paulo, e escreve desde 2010 sobre mobilidade urbana em diferentes jornais, revistas e sites especializados. Como jornalista, atuou por mais de quinze anos em algumas das principais redações do país, com passagens pelo jornal esportivo LANCE!, pela Rede Globo e pela TV Record. Foi coordenador de jornalismo e editor da organização não governamental Repórter Brasil, principal agência de jornalismo independente na cobertura de combate ao trabalho escravo contemporâneo e violações socioambientais.

Foi colunista e repórter do site especializado em jornalismo ambiental ((o))eco, onde manteve de 2010 a 2013 o blog Outras Vias, sobre transporte coletivo e bicicletas. Participou da fundação da Associação de Ciclistas Urbanos de São Paulo (Ciclocidade) em 2009, da qual é associado até hoje. Em 2012, percorreu de bicicleta todo o trecho de terra da Transamazônica como parte do projeto Cicloamazônia.

CIDADE LIVRE

Este livro é a quarta publicação da Coleção Cidade Livre, uma parceria da editora Autonomia Literária e da Fundação Rosa Luxemburgo. Da mesma série, leia também os livros *Passe Livre: as possibilidades da Tarifa Zero contra a distopia da uberização*, *Tarifa zero: a cidade sem catracas* e *Mobilidade Antirracista*.

SEM CATRACA

Na mesma semana em que o livro terminou de ser escrito, a cidade de Maricá (RJ), principal referência em políticas de Tarifa Zero no Brasil, anunciou a retirada de catracas em 6 das 42 linhas que atendem a cidade. Os primeiros ônibus sem as barreiras físicas começaram a circular em 26 de julho de 2024.

Mantidas até então para controle e contagem, as catracas foram substituídas por câmeras automáticas que identificam e calculam o número de pessoas transportadas. A mudança possibilita embarque e desembarque mais fácil e rápido por todas as portas dos ônibus, abre espaço nos veículos e melhora o fluxo interno. Foi sugerida em 2019, durante o primeiro encontro *Transporte como Direito e Caminhos pela Tarifa Zero*.

A prefeitura planeja estender a medida a toda a rede e anunciou a inovação da seguinte maneira: "A retirada das catracas representa mais um passo histórico de Maricá na luta pela acessibilidade e inclusão social. *Símbolo do passado excludente*, a catraca remete a limitações para o acesso ao transporte público, criando barreiras para aqueles que mais precisam" (grifo do autor).